九歌

一〇九年

童話選

2020

童話小燈

黃秋芳 主編

九歌童話選

109

小主編推薦童話獎

王麗娟

牆壁壞壞

九歌109年
童話選得獎感言

王麗娟

十幾年來，都是寫散文，喜歡寫半個世紀前的童年生活：綁好兩支細竹籤，再糊上報紙，貼上兩條尾巴，就讓風箏飛上藍天；吃剩的龍眼核當成彈珠玩，媽媽叫我們吃飯時，龍眼核不用收，就讓它散落在泥土上，回歸自然……

在圖書館說故事時，會加入我的童年往事。

小朋友問我：「後來，龍眼核有沒有發芽長成大樹？」

「後來，風箏飛到哪裡去了？」

原來，我的童年過得像「童話」一樣。

去年，我嘗試寫童話故事，才知道，寫童話並不是件簡單的事。寫不來天馬行空，就讓故事樸實溫馨地呈現，於是，完成〈牆壁壞壞〉，此文不但得到臺中文學獎童話類的首獎，還榮獲九歌一〇九年童話選小主編推薦獎，真是太幸運了。

109年童話選

目錄

卷一・照亮黑暗

眞相

山鷹

插畫／吳奕璠

作者簡介

以前是電信工程師，現在是科幻、科普及兒童文學作者。
曾以金熊筆名寫童詩及兒歌，山鷹筆名寫科幻及童話 ，2010年統一以山鷹筆名寫科幻、童話、童詩及兒歌，並以寄三平筆名寫科普及小品散文。
腦袋瓜裡裝的，都是科學(幻)童話故事，尤其喜愛天文遐想，常夢遊於宇宙洪荒。
得過一些獎，如九歌年度童話獎、年度好書大家讀，全球華人科幻星雲獎……等。

童 話 觀

二十一世紀的童話，除了觀照自己生長的地球外，更需著眼於宇宙、時空和未來。

真相還不能讓地球人知道。時間太久遠了，久到大家都快忘記「地球監獄」是怎麼一回事。那些罪犯的後代，如今反過頭來想探查他們的母星、也是子星，甚至想要移民，絕對不能讓他們發現我們的存在。

為何我星會被地球人稱為熒惑之星？那是放逐他們到地球計畫中的一部分。到目前為止還算成功，這些年來，雖然不斷地被地球人窺視，但是我們躲藏得很隱密，到現在都還沒被發覺。

各種透過想像力創造出來的「小灰人」，並不是我們，他們錯了，讓他們繼續猜疑下去。不過，這些地球罪犯的能力超過我們的預期和想像，科技能力遠遠超過當初的評估，雖然和我們的科技比起來只能算小兒科，但如果繼續發展下去，終有一天，祕密會被他們揭開。

說起來也是我們自己太不小心，以致讓地球人起了疑心，一次又一次派遣登陸艇前來探險。不曉得當他們發現我們不是神時，會不會無法接受？火星上，天行尊者焦慮的來回踱步，意識到問題的嚴重性，正陷入長長的思考中。

半年前，地球第一大城「上京市」，突然從天上連續墜落三架超級大的圓形飛碟，由於墜毀的地點在大都市裡，幾乎毀了大半個城市；更由於散布面積實在太大了，目擊證人太多，官方根本無從掩蓋，因此，太陽系有外星人存在的事實，終於揭露開來。

自從哈伯天文望遠鏡升空後，大大打開了地球人的視界，人類終於明白，地球在浩瀚宇宙中有如微生物般的存在，更別說地球人了。宇宙既然如此廣大無窮盡，以邏輯思考推斷，銀河之外其他星系，或者銀河內，一定還有別的智慧生命存在，人類雖然如輕子般渺小，但其實並非孤單唯一。

但是，儘管幽浮和外星人的傳說不斷，各國政府可從來沒有正式承認過。如今，經過地球人半年鍥而不捨的調查，火星人的一切，即將要攤在陽光下，難怪擁有最高權力的天行尊者要坐立不安了。

就在昨晚，地球上京市夢幻天視的播報員以一種令人瞠目結舌無法置信的表情說：「火星人的基因，竟然和地球人一模一樣……難道，地球人真的是火星人的後裔嗎？」長久以來，民間就有地球人是火星人後裔的說法，對於這種傳聞，官方總是嗤之以鼻，覺得荒謬無聊，不值一駁。爺爺兩眼盯著夢幻天視，以一種蒼老又興奮的語氣問：「這……這……這，可能嗎？」

「就目前的解剖結果來說，確實如此。」任職於「地球航太中心」，專研太空生命的宇宙生物學家吳鐵生，用簡簡單單的方式解釋：「他們的血液是紅色的，和我們一樣；也有五官和四肢，手腳長著指甲；經過量子電腦分析，大腦的組織成分也一樣，神經元的構造，甚至更加綿密、更為靈敏……」

「如果人類真的是火星人的後裔，為什麼火星人要把人類放逐到地球上？為什麼不肯和我們相見？」爺爺以他慣有的語氣提出質疑，「難道，人類真的是罪犯的後裔，所以他們懶得理會我們？」

「我看，除了火星人自己出來說明外，這個謎團，恐怕無人能解吧。」吳鐵生雖然專研太空生命，對於爺爺這個疑問，他也無言以對。他回到航太中心「火行者一號」研究室，重新檢視觀察數據。半年前，三艘幽浮在墜毀地球前一刻，立即啟動緊急處理程序，將火星人身體轉換為能量存在形式，化為微小光點，遁入地球天空等待救援，這種轉換方式，火

行者們以前做過無數次了，從來沒有失敗過。不知為何這次沒有完全成功，火行者一號是沒有成功變形者之一，當然就變成地球人的俘虜和研究對象了，只是一直都沒有突破。吳鐵生閉上眼睛，心頭浮現和爺爺的對話，心裡也有一大堆疑問：「地球人真的是火星人的後裔嗎？地球人的祖先到底犯了什麼滔天大罪啊？」

一個在火星上，一個在地球上，此時此刻，天行尊者和吳鐵生都陷入長長的思考中。不知過了多久，吳鐵生的耳邊突然傳來一個若有似無的聲音：「錯了！地球人不是火星人的後裔，火星人才是地球人的後裔。」火行者一號是此次幽浮墜毀地球事件倖存者之中，階級最高，有權決定關鍵時刻何者可以告知地球人，何者不能：「幾十萬年前地球發生過的慘案，也許到了揭開事實真相的時候了。」

「你……你……你是誰，怎麼會說臺灣話？」為了研究外星人，吳鐵生留在「地球航太中心」裡，整整三個星期沒有回家了，今晚本想事情告個段落後回家洗個澡，好好睡個覺。沒想到量子電腦正要關閉時，耳畔突然響起奇怪的聲音。

他驚嚇過度，蹬！蹬！蹬！接連倒退好幾步。

——原載二〇二〇年五月三日「平安相守，童話小燈」

編委的話

・徐丞妍：
故事結尾感覺還有續集，很想要看下去。「火星人是地球人的後裔」，很特別的取材；故事的走向，和大家的想法不一樣，我從沒這樣想過。

・張芸瑄：
開頭運用科學與奇幻架空的故事背景塑造出吸引人的世界觀，將地球人、外星人間的衝突關係運用巧妙的筆風帶了出來，以外星人與地球人各自的視角去描述他們眼中的世界，中間更出現了外星人的存在即將要被揭開的高潮。

・簡郁儒：

「真相」到底是什麼？而為什麼我們會稱火星為「熒惑」呢？在主角試著解開謎題的同時，更多的問題卻一一浮現。當我們越去尋找答案，與真相的距離卻拉得越遠！

・黃秋芳：

出身科學的山鷹，沒有文學科班局限，跳躍式的發想，留下很多縫隙足以發現無限可能，讓人想像著一種遙不可及卻又不自覺臣服的「陌生的美感」。他的文學接龍，起筆設定，興起驚奇和懸念、有欲望和陷阱，有傳統經典的隱涉，也有未來科技的想像，在無限可能中，讓文字種子隨著懸念，找到機會擴張、茁長。接下來會怎樣呢？我們不得不好奇。

眞相？

林茵

插畫／吳奕璠

作者簡介

本名林淑珍，在大肚山下長大。臺中師專數學組、市北師院音教系、臺東大學兒文所畢業。公立學校校長退休，現任乾坤詩刊社社長。已出版《黑夜裡的小精靈》、《旭星燦爛》、《詩精靈的化妝舞會》、《小島阿依達》等書。

童話觀

童話，是一面水鏡，映現著孩童純眞的瞳眸，科幻童話則猶如攜著科學概念和幻想情節的小小飛艇，在這面童話水鏡上方巡弋。當孩童看著這面傳達美善的水鏡時，就同時看到這架小小飛艇的身影，看見它所表現的眞及趣味性。

轉眼間，螢幕上的畫面和亮光隨著量子電腦關閉而消失，研究室陷入黑暗中，說話聲同時消失無蹤，只剩下空蕩蕩的航太研究中心，吳鐵生搖搖頭嘆：

「一定是太疲倦了！」

透過蓮蓬頭流洩出來的泡沫和水珠，吳鐵生終於徹底洗刷一翻。量子電腦螢幕最後一個橘色星球的畫面，還縈繞在他心頭。熒惑啊熒惑，真的教人困惑呢！他想起鑽研地球黑歷史的爺爺，曾提起上個世紀的大火和大水，在大水產生之前，是連續燒了一整年的大火，而在大火還沒撲滅的同時，一種不明原因的超級病毒襲擊了地球，人類幾乎沒有招架之力。

當時一切發生得太快了；超級病毒還沒結束，大火也還在持續延燒，位在上京市的「跨國防禦病毒聯盟」已經觀測到南北極的冰川正以驚人的速度融化，只能在極隱密的地底祕密製造方舟，同時爭取時間尋找適合搭上方舟的人和動植物。

突然間，聲音再度響起，他東張西望，那聲音咳了一下，更加清晰的傳入他耳朵：「吳鐵生，我是被召喚前來的火行者七號。火行者一號能量消散，但他要求我讓你知道，地球人不是火星人的後裔，火星人才是地球人的後裔，我們需要你的協助，好釋放被俘的伙伴。」

吳鐵生前張後望，始終沒見到半個人影，只聽到：「你不用找了，我只是一顆你看不見的微小光點，我們的科技是可以直接讀通你的心思，也可以直接傳遞信息給你的，如果需要的話。」他才明白原來剛才在航太中心研究室聽到的不是幻覺，是火行者一號用特殊的溝通方式傳給他的信息。

那聲音繼續在他耳邊說：「閉上眼睛，我帶你去一個特別的地方。」

吳鐵生張開眼睛時，眼前是一望無際的岩層，光禿禿的土地，還有大大小小、碎裂的石礫，和遠處隆起的一片山坡。跟著指示，他往前走了大約十分鐘，來到山坡後方的小草叢，撥開草叢，熊熊的火光從地底狹小的洞口隱隱透了出來。他側身擠進洞口，迴轉後沿著嶙峋的峽谷地往前走了一小段路，隱隱看到閃爍的人影，有許多生物在火光裡，彎腰魚貫往前走。那聲音附在他耳朵邊：「他們是罪犯。」

硝酸味的空氣中懸著異樣的靜寂。只一眨眼，他身處在一處環狀的建築物中，偌大的環形螢幕上，一顆熟悉的湛藍色星球呈現在眼前。理解吳鐵生驚訝的神色，火行者七號繼續在他耳朵邊簡單說明：「我們時時監控你們，留意你們的情形。地球人的祖先是幾十萬年前的外來者，由於發動戰爭想要奪取火星，最後成了戰犯，被送到剛才的火地池，以建造更偉大的巡天艦碟，然而，太多戰犯了，那裡根本容納不下，於是智商

一百八十以上的人全被殺光……那真是一場浩劫啊……」

剩下的人最後被流放到地球監牢中。火星史和地球史像網頁一樣飛逝而過，吳鐵生像學生一樣認真聽著：「那是好幾十萬年前的事了。我們悲憫地球人而手下留情，把你們送去一顆美麗的星球，替你們建造了超高科技文明。然而，你們不懂得愛惜，如今都只剩下遺跡，我們只好派遣先知前去教導你們。」

原來，地球上曾經出現過的各種宗教的神祇，都是火星人的化身，而地球人並不是罪犯，是戰犯，是被最古老的熒惑之星所放逐的。

「看到你們忍心殘殺並吞食動物，連野生動物也不放過，我們只好派出長了突刺的冠冕。那些超級病毒是我們最微小的分身，可以附著在地球人的細胞，無孔不入。」停了一會兒，他繼續說道：「幾十萬年前，你們的祖先不是想要占領這裡，為自己加冕嗎？超級病毒的冠冕和突刺，就是在提醒妄自尊大的地球人，想要主宰大自然甚至宇宙，只會招致反撲。」

「這一次，我們不會再輕易召回它們，我們要它們長期存在地球上，好讓健忘的地球人時時記住。」不知何時，眼前出現披著黑袍的天行尊者，背對他站立著。雖然只是一個背影，吳鐵生還是感到一陣寒意，從腳底竄了上來：「那……那，你們為什麼會說臺灣話呢？」

「我們的科技畢竟超出你們太多，可以用任何你們熟悉的語言表達啊。」尊者說：「你們的祖先，曾經在熒熒的火光中，在火地池裡工作，直到數量太多容納不下而被遣送離開，或許是他們的潛意識裡還有殘存的印象吧，才會把我們稱為『熒惑』。」

「這顆美麗的星球，差一點毀在地球人手中。」吳鐵生想起爺爺提過的歷史，眼前這一切，在困惑的火光中慢慢照現出條理：「直到超級病毒出現、冰河化作大水，它才恢復原本的美麗，也就在那當下，一艘飛船從地球飛出，移居火星。」

「我們被說服收留地球人，畢竟，想要奪取政權的戰犯並不是他們，更何況，那已經是幾十萬年前的事了。」眼前的環形螢幕突然呈現地球人奔向火星，踏下方舟的那一刻，那為首的人模樣如此熟悉，吳鐵生不由得「啊！」的一聲叫了出口：「那是我的祖先，跨國防禦病毒聯盟總指揮吳金生博士？」

「嗯，他帶著地球人回到這裡時，火行者已經非常先進，不用靠肉體就可以生存在火星上了，行者們多數是時空旅人，靠意識穿梭，不常待在這裡。」尊者揭露最後真相：「地球人回來之後不斷繁衍，繁衍出越來越多的第二代火星人，就是你們現在看到的火星人，那是地球人和最原始的火星人交配之後的，他們也因此更熱中於協助你們。」

原來現在的火星人真的是地球人的後裔，難怪無法自在變形！吳鐵生一邊聽一邊陷入長長的思考中。尊者說：「火星人長期分裂成主戰派和主和派。主戰派認為當年送你們去地球是錯誤的，應該趕盡殺絕，一口氣消滅低等的你們；主和派卻一再偷偷前去幫助你們，才會讓你們不小心發現我們的蹤跡，而一再派登陸艇前來探查，差一點就發現真相。」

當年的超級病毒，的確讓地球人死了將近一半，傷亡慘重！吳鐵生回到航太研究中心，決定解鎖「火行者一號」研究室，至於明天該怎麼應付夢幻天視和全世界的報導，那就讓大家繼續去猜測吧！

反正，這世界從來沒有真相。

——原載二〇二〇年五月三日「平安相守，童話小燈」

編委的話

・徐丞妍：

很科學又很瘋狂的角度，真是太恐怖、太刺激啦！原來病毒是這樣產生的、原來火星人是這樣來的、原來火星人和病毒是有關連的！最喜歡故事的結尾，「反正，這世界從來沒有真相」感覺讀起來，特別有趣。

•**張芸瑄：**

劇情轉折從主角的出現開始。主角被帶到外星人的故鄉——火星，逐步發現最初的真相，更捲入了地球人與火星人間說不清道不明的恩怨情仇，直至理解，原來真相和想像不一樣。最終沒有明確結局，卻透過主角的心意通向無限永恆，非常的喜歡這篇故事的伏筆設定！

•**簡郁儒：**

用接龍的方式完成的科幻童話，非常特別。以豐富的聯想進行角色的塑造：火星人其實是地球人的後代，而地球人則是火星人的戰犯，整體的寫作技巧相當高明！

•**黃秋芳：**

出身數學系的林茵，藏著不斷想跳出綑縛的浪漫和清靈，在〈鑽石星〉中首度科幻接力，男性威權解體，星碎衛星如女性在經典綑縛中掙脫倖存，邏輯的精確，更襯出文學的精美。面對火星和地球的「熒」和「惑」，抽絲剝繭，北極冰融、澳洲大火、地球監獄和火星再造，既是母星、也是子星的懸念，慢慢理出未來如何走下去的選擇和可能，世界沒有真相，我們只能相信美好。

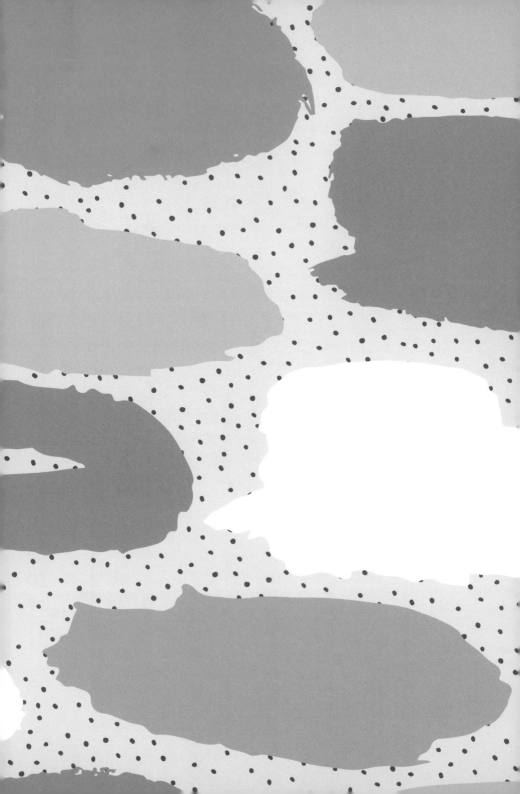

七月半傳奇

林哲璋

插畫／劉彤渲

作者簡介

高雄人，人長約六尺四，四眼田雞，雞鳴不起常賴床，床前明月光打呼，呼朋引伴作文章，文章萌稚氣，氣質宜童話，話說筆耕十數年，年產作品二三本，本事不大食量大，大小讀者所知拙作：屁屁超人、用點心學校系列等。

童話觀

「藝術源於生活而高於生活」，童話也不例外。生活中總是有取之不盡、用之不竭的「興觀群怨」靈感。有時我們是翻譯家，用「滑稽」翻譯大人身教供小讀者「見賢思齊」，或「見不賢內自省」——叔叔有練過，小朋友不可以學！

從前、從前，有個既科學又魔幻、既現代又傳統、既民主又封建的國度。

國民原本透過投票選出他們的國王，然而就在科學家偶然發現了「鬼魂」的存在後，某任國王在連任選舉時提出了一項主張：「既然，『鬼魂』存在於我們國土之上，那麼他們也應該擁有投票權！」

官員們、百姓們和負責選舉事務的委員們聞訊提出質疑：「雖然我們發現了鬼魂，但鬼魂看不見、摸不著、沒戶籍、無住址……我們要怎麼寄送選舉通知書呢？」

「不必那麼麻煩！」現任國王摸了摸鬍子，嘴角露出一絲詭異的笑容：「很簡單！沒投給我對手的，通通算是我的票！」

因此，王國舉辦了一次最多選民數（人加鬼）、投票率最低（只有部分的人來投）的選舉，想當然耳，國王高票當選——因為所有鬼魂的票，通通算在他身上！

然後，國王就一直當國王了。

最近的一次選舉，因為災害的緣故，延到農曆七月舉行，因為屆時鬼門已開，老早

聽說自己有了投票權的「鬼魂」們，躍躍欲試地想要投下他們到陰間後的第一張選票。

「選票怎麼投呢？」沒選過舉的鬼魂，向生前投過票的鬼魂請教。

「很簡單哪！就到一個設有簾子的投票亭，拿起投票章，蓋在候選人照片的格子上，再投進票匭裡……」行使過公民權的鬼魂，在鬼門開之前開班授課，教授投票程序。

等到選舉國王的日子到了，大大小小、男男女女、古古今今的鬼紛紛湧出鬼門關，前往各處投票所。

國王當然沒有準備鬼魂的選票——因為鬼不

投，票也是國王的！

「我們要投票！」掃興極了的鬼魂決定找國王抗議，但他們看不見、摸不到，要如何向國王表達異議呢！

「對了！用我們最擅長的方法——託夢！」有鬼獻出妙計。

於是，老老少少、胖胖瘦瘦、高高矮矮的鬼魂通通擠到國王的夢裡，搔他的腳底板，撓他的胳肢窩，逼迫他：「快給我們選票投！」

國王被騷擾得沒辦法，只好重新選舉，乖乖印發鬼魂公民的選票，提供鬼魂投票的機制：列名造冊，從石器時代到電腦時代的鬼魂，通通發通知——鬼鬼能投票，魂魂能選舉。

這樣一來，國王就有點擔心自己無法「永續」連任了，畢竟，無論任何國度，鬼魂都比活人的票數多太多了。為了當選，國王必須盡力去討好鬼魂選民們才可以。

「請問各位親愛的『選民』，有什麼是國王我可以為大家服務的地方呢？」國王把握選前的最後階段，籠絡這國家占最大比例的選民。

「我要多燒一點金紙！」

「我要多辦一點普渡！」

「我要多蓋一點靈骨塔！」

「遊樂場裡的鬼屋要建大一點……」

國王一一答應大多數「選民」的要求，連他的「王宮」都變成了地藏王菩薩廟。甚至國王此次選舉的競選標語，都改編自菩薩的名言：「『王』不入地獄，誰入地獄！」

鬼魂發現「有選票」好處多多：金紙變多了，普渡頻繁了，塔寺普及了，鬼屋豪華了……因此，鬼魂要求國王把選舉日都訂在農曆七月，讓他們好好享受投票的樂趣與開票的刺激。

「上次延期，是因為天災……」國王提出冠冕堂皇的理由、光明正大的藉口：「何時選舉是依照法律規定！我雖身為國王，也不能隨便更改法律！」

「那誰能更改法律？」鬼魂投票心切。

「國會的立法代表！」國王想也不想。

「立法代表是怎麼選出來的？」鬼魂渴望再投。

「當然是投票！」國王毫不遲疑。

「什麼時候選？」鬼魂持續套話。

「和國王選舉同時舉行！」國王落入圈套。

於是，所有立法代表「候選人」當晚在夢境裡都被撓腳底板、搔胳肢窩了……

隔天，每一位立法代表參選人的政見都是：「選舉一律定在農曆七月，讓鬼魂公民都能行使投票權！」

鬼魂樂壞了，準國王和準立法代表們為討鬼魂歡心，一天到晚出鬼點子，想鬼主意，玩鬼把戲，搞鬼名堂……投票日還沒到，整個國家都快被建設成適合鬼魂居住的冥府地獄了。

鬼魂都樂不可支，活人卻苦不堪言。

「未成年不能投票！請問鬼魂都成年了嗎？」有一個中學生率先發難，他投書媒體，質問鬼魂的投票資格：「假如，鬼魂未成年就去世，那他有資格取得投票權嗎？」

「為什麼不？」生前是律師的鬼魂抗辯：「不是有個詞叫『冥壽』嗎？」

「我覺得不行！」具有陰陽眼的中學生指著一旁吸著指頭的小鬼頭說：「因為必須在戶籍所在地居住滿法定期限，才具有投票資格……」

鬼魂雖然存在這片土地很久，但是戶籍登記恐怕都除戶（移出戶籍）了，甚至有些鬼魂在世時，戶籍制度都還沒發明呢！

「怎麼辦？」鬼魂啞口無言。

「各位，聽我一言……」夢中國王上前來拍馬屁、獻毒計：「我們不能解決問題，但可以解決提出問題的人！」

國王想要把中學生抓起來，可是他的同學都來聲援他。

「把他們統統抓起來！」國王下令。

「不可以！」鬼魂裡衝出一隊老爺爺、老奶奶，指著中學生喊：「那是我的曾金孫！」

「那是我弟弟的曾孫子！」

「那是我表姐的外曾孫！」

「那是我鄰居的表舅的曾曾孫……」

又有鬼魂衝出來表示：那些抗議的學生是他們的後代、是傳家的香火……不准國王胡搞！中學生和同學後頭站滿一大堆親戚鬼魂——從曾爺爺輩到祖宗十八代之前。

鬼魂愈站愈多……算一算，大家五百年前是一家，八百年前皆鄰居……

最後，鬼魂們想通了：他們還是回地府去選舉閻王好了。畢竟一年才回來一次，很久沒有生活在人間，人間應該留給在世的人去發展、去建設。

於是，鬼魂投票決定：「不到人間投票了！」

臨走前，他們先繞到國王和立法代表候選人的夢裡撓癢癢，警告他們：「別再把祖宗不投的票，又算進你們的得票數裡啦！」

——原載二〇二〇年九月二～三日《國語日報・故事版》

編委的話

・徐丞妍：

好酷！沒想過鬼魂也能投票選國王，所以印象特別深刻。國王為了得到選票，立下「鬼魂也能投票」的規定，卻不做鬼魂的選票，可見國王只是想把票數拉高而已。

・張芸瑄：

貪心的國王和立法代表為了能維持連任，沒想到事事總有意外，當所有的「鬼主意」搞得人間一片混亂時，最終決定放棄投票，將該由人決定的事物交給人負責，很像真實人生。

．簡郁儒：

結合傳統與奇幻，成功開創一個特別的議題，讀起來很有趣，特別是故事裡提到「鬼魂也可以投票」這個想法，非常有創意！

．黃秋芳：

這個既科學又魔幻、既現代又傳統、既民主又封建的國度，側寫七月半的鬼靈，更凸顯出創作者的豐沛能量，一如文字田徑場上的全能選手，短、中、長跑，跨欄、障礙、接力，還得在馬拉松和競走這些道路賽承受臨場觀眾壓力，充滿個性的信念和紀律，讀起來很過癮。

哈囉，
滑鼠隊長

顏志豪

插畫／吳嘉鴻

作者簡介

兒童文學博士，現為專職創作。
希望我的故事像月光，文字像星星，在黑夜時，一閃一閃亮晶晶，溫暖每個孤單的心。
FB粉絲專頁：顏志豪的童書好棒塞。

童 話 觀

童話宛如一顆裸鑽，在時光與讀者的切割琢磨下，逐漸光芒萬丈，熠熠生輝，歷久彌新永留傳。

★

「這是什麼東西？」小傑鼓起腮幫子，大口吐氣，試圖把手上遊戲卡匣的灰塵吹乾淨。揚起的灰塵，讓他咳了好幾聲。

不過頑固的灰塵，還是讓遊戲卡匣上的圖案模糊不清。

他只好拉起衣袖，直接把灰塵擦去。

塑膠盒露出幾個大字，「我是滑鼠隊長。」

在這幾個字的下方，可以看見一隻老鼠，穿著披風，像是超人一樣，比較特別的是，他的屁股有著一條USB尾巴。

小傑覺得滑鼠隊長似乎在叫喚著他。

「小傑，倉庫到底打掃好了沒？」媽媽呼喊。

「快好了啦。」

小傑繼續清理，發現在遊戲卡匣旁邊，有一臺遊戲機，「該不會這個遊戲機能讓老鼠隊長復活。」

★

「媽，我可以玩這個嗎？」媽媽瞄了一眼，繼續煮菜。

「我想你可以試試看。」

「怎麼會有這一臺遊戲機？」

「一定是你爸的，你爸是個遊戲工程師，像是個科學怪人，每天都在研究一些奇奇怪怪的東西。好啦！媽媽在忙，你自己玩。」

聽到是爸爸的東西，小傑興奮不已。

他立刻搬出倉庫裡的遊戲機，把遊戲機擦得一乾二淨。

難得有事情如此吸引他，媽媽笑在心裡。

★

「遊戲好玩嗎？」

「這都是古老時候的線，現在的電視機似乎沒有辦法接上。」

「那我也沒辦法。」

「我一定會讓滑鼠隊長復活。」

「媽媽相信你可以的。」媽媽倒是有點看熱鬧的心理。

但是不論小傑如何努力，似乎就是沒有辦法讓遊戲機啟動，小傑失望極了。

好不容易找到一件有興趣的事，沒想到卻遭到如此挫折，他非常不甘心。

★

「小傑救救我！我是滑鼠隊長，快點救我出去。」

「但是，我找不到方式。」小傑回答。

「你走錯路了，走對路之後，你將會看到新的契機。」

「滑鼠隊長，滑鼠隊長，你可以再多說一點嗎？」

小傑大呼小叫，聲音太大聲，把自己吵醒。

原來他做了一場夢，他坐起身，媽媽也被小傑的叫聲嚇醒。

媽媽心裡想著：「看來，這小子這次是認真的。」

★

幾天過後，媽媽下班回家。

「小傑，這是媽媽送給你的生日禮物。」

沒想到是一臺舊的電視機。

「謝謝你，媽媽。」

小傑迫不及待插上電源，舊電視發出滋滋的聲響，尖銳的音頻，讓他們摀起耳朵，相視而笑。

遊戲機的線順利接上舊電視，小傑開心極了。

不過螢幕上一條條的雜訊，幾乎看不到畫面，媽媽徒手拍了兩下電視，雜訊晃動幾下，還是於事無補。

他們母子像是洩了氣的汽球。

「放棄吧，小傑，我們等下一起到百貨公司，買一個最新的遊戲機，當作你的生日禮物，一定比這個好玩幾百倍，好嗎？」

「不要，我要救出滑鼠隊長。」

小傑掉下眼淚，媽媽也掉下眼淚。

★

滑鼠隊長在門的另外一邊，用力的敲打門，快來救我出去。

「滑鼠隊長，我一定會救你出去，你等著我。」

原來小傑又夢到滑鼠隊長了。

醒來之後，小傑還是不放棄，想要找到進入遊戲的方式，不只不吃飯，也不睡覺。

「你們父子真的夠了，小的，老的，都一個樣，都把我丟在一旁，從來沒有考慮到我的感受。」

媽媽一怒之下，搶走遊戲卡匣，用力一摔。

遊戲卡匣硬生生破裂。

哇！小傑瘋狂叫著，「你怎麼可以把爸爸的東西砸壞呢？」

遊戲卡匣裂開，裡面竟然藏著一條尾巴，跟滑鼠隊長的尾巴一模一樣，都有著USB插頭。

貼在遊戲卡匣的貼紙也掉落，竟然有兩個按鈕，遊戲卡匣儼然變成了一個USB滑鼠。

媽媽的靈光一閃，撿起滑鼠，插入她的電腦，口中喊著：「呼叫滑鼠隊長。」

電腦卻是一點作用都沒有。

不過，有個念頭閃過他們的腦海，「爸爸的舊電腦。」

果不其然，媽媽和小傑小心翼翼地把滑鼠插入爸爸的電腦。

螢幕顯示，連線成功。

「你們好，我是滑鼠隊長。」那是爸爸的聲音。

媽媽和小傑都哭了，他們都好久沒聽到爸爸的聲音。

這部舊電腦竟然活了起來。

★

進入電腦後，竟然是一個電腦遊戲。

遊戲開始，小傑選擇單人模式，而不是雙人模式。

不過無論怎樣，怎麼破不了關，那是爸爸所設計的遊戲，使用滑鼠就可以控制車輛。

這是一道迷宮，車輛必須在黑暗之中，亮起車燈，找到路往前開，他必須走在正確的道路，才能找到鬍著滑鼠隊長的門。

不過無論怎麼走，他就是無法找到正確的那扇門。

更可怕的是，他必須在六十秒內找到門，否則遊戲就要失敗重來。

每一次的失敗重玩，迷宮又會變成不同的樣子。

他一直想要破關，卻破不了關。

「爸爸！我該怎麼辦！」

他玩了幾百次，幾千次，幾萬次，還是找不到門。

★

「天啊，為什麼我就是找不到出口，我真的好想見滑鼠隊長。」

小傑隱隱覺得，其實爸爸就是滑鼠隊長。
「讓我陪你一起找吧，我也想見見他，不要每次都你自己玩。」
媽媽插入第二個滑鼠，竟然成功了。
「你怎麼會有？」
「這是你爸爸在結婚時，送我的特製滑鼠。」
「真是太酷了。」
「快點吧，我已經有點迫不及待了。」
「好的。」
小傑選了遊戲的雙人模式。
小傑開的是賽車，媽媽開的是吉普車。
「媽媽，妳不要一直跟著我後面，妳走別條路，這樣找到滑鼠隊長的機會比較高。」

「可是我會怕。」

「真是受不了妳。」

他們玩了幾百次，幾千次，幾萬次，他們一起討論策略，不論在上學的途中，或是在吃飯的時候。

終於，他們找到門了，打開門。

「你好，我是滑鼠隊長，你們終於來了。」那是爸爸的聲音。

打開門後，沒想到是影片，那是小傑的五歲生日，他們一起唱著生日快樂歌，爸爸竟然打扮得像是一隻老鼠，穿著超人裝，有個USB的尾巴。

他們流下淚來。

「爸爸。」

接下來的每一天晚上，小傑做完功課，一定會和媽媽一起玩著滑鼠隊長，因為每一次破關時，門的後面，都有滑鼠隊長帶給他們的不同驚喜。

Happy Birthday

似乎，滑鼠隊長從來沒有離開過他們。

——原載二〇二〇年三月十～十一日《國語日報・故事版》

編委的話

・徐丞妍：

遊戲設計師爸爸設計一款「滑鼠隊長」放在倉庫中，破了關，出現男孩五歲的影片，可見爸爸非常喜歡他，是一個懷念的故事。

・張芸瑄：

幾乎是讓時間停止的悲傷，因為一臺老舊電腦的發現，家庭生活開始變動；最終母子齊心協力修好電腦、開啟畫面，聽到父親的祝福，好像也找到勇氣融化悲傷。特別喜歡「電腦藏著什麼」的伏筆。

．**簡郁儒：**

以一個充滿活力的標題為開頭，慢慢地帶出對失去親人的悲傷，讀著讀著也跟著難過起來。直到「不在的人也會以另一種方式守護在我們身邊」，低盪的情緒才跟著緩和下來。

．**黃秋芳：**

牢牢種植在真實生活裡的歧出奇想，從滑鼠的連線網絡，架構出真實得不能更真實的真實，所有的落空和悲傷，游離在現實和渴望之間，在超越現實又無從碰觸渴望的「中空狀態」，用一種看起來疏離冷冽的角度弭平遺憾，無論是不是通往「幸福快樂」的結局，就是得認真走下去。

卷二・點起小燈

懶惰鬼
什麼都不會

岑澎維

插畫／李月玲

作者簡介

臺東大學兒童文學研究所畢業，現為國小教師。曾獲國語日報牧笛獎、臺灣文學獎、南瀛文學獎等等，出版有《找不到國小》系列、《大家說孔子》系列《成語小劇場》系列、《安心國小》系列及《AQ繪本》系列等，共四十餘本。

童話觀

動腦想、動手寫、認眞看，創作的趣味就在其中。

專門幫人實現願望的許願龍，一個上午連續收到兩個祈願。

一個來自順風耳。順風耳發現，「隔空交談」這神仙級的法術，人類信手拈來就是，甚至還能透過「視訊」，對方歷歷在眼前。

順風耳請求許願龍，一定要保住神仙的地位，不能輸給人類。

千里眼也來找許願龍，他從高空往下看，看見人類能從一個地方消失，然後又出現在很遠的另一個地方。他觀察很久了，他沒有看錯，這是神仙才能辦到的事，怎麼人類也辦到了？

的確，飛天遁地的功夫，過去只有神仙才行，人類在進步了，神仙也要跟上腳步。

其實，許願龍還注意到一件事，那就是「冬暖夏涼」這件事。天庭之中溫度永遠合宜，但這幾年氣候古怪，變得捉摸不定，於是神仙也有躁熱時。

人類呢？天氣一熱，便躲在屋子裡不出來，人類怎麼受得了？許願龍跟師爺食字鹿詢問過，食字鹿說那是一種叫做「冷氣」的東西，能讓悶熱的天氣瞬間清涼。不僅這樣，天寒地凍的時候，還能化身為「暖氣」，冰天雪地之中，依然溫暖洋溢。

「簡直可比王母娘娘的瑤池仙苑了！」

這三件事都指向同一個目標：人類不斷在改變，原本只有神仙才能辦到的事，人類已經輕而易舉地做到了。

許願龍同樣擔憂，神仙再不求進步，人類就要變成神仙，那時候神仙可能會成為平凡人。

這個問題，許願龍就交給師爺食字鹿去想辦法。

食字鹿嚼著嫩芒草，腦子裡攪動著這些事，完全嘗不出這初秋的芒花到底有多麼香甜。

慢慢的，食字鹿咀嚼出一個道理來了——

「進步」來自於不安於現狀，不安於現狀來自於「懶惰」。所以「懶惰」是進步的原動力，不懶不進步。

「沒錯，發明始終來自於懶惰！」

懶得掃地，人類發明掃地機器人、懶得洗衣服；人類發明洗衣機；懶得燒柴生火，人類發明熱水器。

「要進步，就需要個懶惰仙！」

天庭沒有懶惰仙，但閻王的地下組織倒有不少懶惰鬼，也許可以從裡面找出一個懶得最徹底的，讓他羽化登仙，成為天庭組織的一員。

急著要方法的許願龍，聽完師爺的分析，覺得很有道理，便派飛天雞去跟閻王借一個懶惰鬼來。

「如果表現好，就讓他成仙！」

「越懶惰越好，不懶的不要！」許願龍又叮嚀了幾句，但飛天雞早飛到九霄雲外去了。

領著龍王爺的令旨，閻羅王頭痛啊！他這裡的懶惰鬼數量最多，而且每一個都懶

得盡情、懶得無敵、懶得隨心所欲！

如果龍王爺要一整車的懶惰鬼，閻羅王絕對提供得出來，但龍王爺只要一個，這要挑哪一個好？這裡的懶惰鬼，每個都有一段頑強的懶惰史，最後才能送進這裡，成為認證過的懶惰鬼。

「認證過的懶惰鬼」有一個好處，代表他們在人間沒做什麼壞事，所以他們可以快速通關，很快又能到人間投胎。

可是這些懶惰鬼，就是懶，他們只想賴著不走，一點兒也不想去重新做人。

就在閻王不知派誰去的時候，又送來了一個懶惰鬼。

這個名叫小匹的懶惰鬼，閻王看看他的履歷表，真是一個懶得要命的懶惰鬼！

「就送這個小鬼去吧！」

一切來得突然，不過小匹什麼也懶得管，他就是懶。

飛天雞載著懶惰鬼小匹飛上九重天，來到許願龍的宮殿前。

許願龍從老花眼鏡的上方往外看，看見這小鬼懶洋洋的樣子，心裡就喜歡。

小匹還沒弄清楚這是什麼地方，只隱隱感覺到，一場災難又要來臨了——不能讓他懶惰，就是災難。

「你有什麼專長？」

「沒有，我什麼也不會。」小匹自卑地說。

「孩子別怕，你可以繼續懶惰下去！」許願龍這麼說。

聽起來很像是威脅，但小匹可不這麼想，那就不客氣地懶下去吧！

接下來的日子，小匹就像隻白老鼠一樣，食字鹿整天觀察他。

「嗯，該發明『自動摺疊被』了！」

每天起床自己摺被子就落伍了，許願龍發給每個神仙一床「自動摺疊被」，一離開被窩，被子就摺好了。

雖然天庭的溫度怡人，神仙們還是會開開窗戶吸收好空氣，食字鹿為連開窗都懶的小匹打造了「自動開關窗」。

但小匹一點也不滿意，說這自動窗開得太早，嚴重影響睡眠。

食字鹿接受小匹的建議，立刻把開關的方式，修改為跟隨小匹的眼皮同步開關。

接下來，刷牙洗臉一氣呵成的「明眸皓齒機」、洗澡同時洗衣的「搓澡搓衣機」、掀開就有食物的「新鮮好食機」……都是為小匹量身打造，而讓每個神仙都能享用的創意。

小匹在天庭最大的貢獻，大概就是幫神仙們清一清腦子裡的記憶。神仙的記憶寶庫裡，裝著人類的祈求、神仙的歷史、法術的祕笈……，寶庫裡已經塞爆，但祈求還是不斷地湧來。

當小匹把重整記憶的概念告訴食字鹿，食字鹿一陣驚喜，立刻造出「記憶壓縮機」。

「神清氣爽，頭好輕盈！」許願龍很滿意。

天庭在進步，神仙們都有感，連順風耳和千里眼也覺得稱心。

雖然小匹什麼都不會，可是神仙們都感受到了這股小匹旋風，它為天庭帶來新的活力，功勞不小啊！

於是許願龍請求天帝，讓小匹成為「懶惰仙」。什麼都不會的懶惰鬼小匹，就這麼成為神仙。

神仙的各種法術，他都不會，但是他的任務，就是「懶」，愛怎麼懶就怎麼懶，沒有人會阻擋。

生活在這個只能彈琴、泡茶、下棋、看仙鶴跳舞的天庭，小匹根本不想長生不老活在這裡，但是沒有錯，他懶得去爭取。

只是夜深人靜時，他也會衷心祈禱：

「我一定是太懶了，才會懲罰我到這裡來。如果有機會再變成人，我一定要痛改前非，認真做事，當一個勤奮努力的人！」

這個心願，許願龍收到了，但他可要好好考慮一下，因為能懶成這樣，又能懶出貢獻，確實不簡單啊！

——原載二〇二〇年八月二十六～二十七日《國語日報・故事版》

編委的話

・徐丞妍：

原來「懶」也不是壞的呀！如果一個人很懶，就可以發明出解決的方法，我想，愛迪生能發明這麼多的用具、器具、工具，應該也是他不愛運動吧！

‧張芸瑄：

懶惰鬼的故事融寓意於抒情中，在字裡行間細細地品味背後意涵。自然的切換讀起來悠閒自在，再搭配上適時的幽默，使人讀完產生一種流連忘返的感觸，使故事少了點嚴謹刻板，看著主角的逐步成長也很有趣。

‧簡郁儒：

非常有創意，以翻新的手法告訴我們：原來懶人也可以懶得這麼有用！故事中的懶人利用他們的懶，想出許多好點子造福大家，整個構思很厲害。

‧黃秋芳：

這世界上，應該沒有誰是真正的「什麼都不會」吧？無處著痕的鬼魂，讓人擔心的懶惰啊！人間、天上，甚至連到地獄，或任何我們不確知的場域，所有生命中不夠好、不夠完美、不能夠弭平缺憾的生存樣貌，能夠各安所在，就是生命中最美好的祝福了。

記憶橡皮擦

三月兔

插畫／陳和凱

作者簡介

政大中文系畢業，然而不務正業，始終與文字工作若即若離。
當過編劇販賣故事餬口，誤闖科技業設計人工智慧，曾經以為可以走得很遠很遠，但終究繞回起點的人。

童 話 觀

故事在下筆的剎那就結案了，讀者即是擁有一切詮釋權的人。

小詩有一塊彩色的橡皮擦，那是她在夢裡撿到的。

那是一個很長的夢，夢裡的人影告訴她，人們的生活不幸福，都是因為記得太多東西，想要變得幸福，只要忘記不開心的事就行了。

小詩在班上沒有朋友，她不受同學歡迎，每次分組都被落下。她在家裡也不受爸爸媽媽喜歡，姐姐功課好，又聰明乖巧，享受了爸媽的萬般寵愛。

但是，有了橡皮擦後，一切都不一樣了。

小詩躡手躡腳的溜進姊姊房裡，趁姊姊熟睡時，擦掉她背誦英文單字的記憶。「怎麼連這麼簡單的單字都背不出來？」隔天，爸媽看見姊姊考得一塌糊塗，氣得數落姊姊。小詩默默看著，心裡湧現得意感，這次挨罵的人終於不是她了。

美勞課上，老師看著落單的小詩，試圖幫她找同伴，但是同學擠眉弄眼，說起小詩的悄悄話。

「才不要跟她一組呢！」
「小詩畫的東西最醜了。」
「上次還把大象畫得像一隻老鼠！」

小詩咬著嘴脣，心有不甘的瞪著同學，心中想著，一定要用橡皮擦好好教訓他們。小詩悄悄擦去同學做美勞的記憶，然後將班上最漂亮的作品據為己有。

最後，老師幫她打了全班最高分，同學瞠目結舌，不可

置信，但也爭相搶著和小詩同組，小詩突然成了班上的焦點。

「這麼漂亮的作品是怎麼做的呀？」

「不告訴你們！」被同學簇擁的小詩趾高氣昂，藏在背後的手心緊緊捏著神奇的橡皮擦。

小詩又陸續擦掉許多人的回憶，讓老師忘記出考卷，讓爸爸忘記給過零用錢，讓媽媽忘記已幫她買了新玩具。

那段日子裡，小詩過得開心極了。直到某一天，她又夢到了同樣的夢，人影出現了，生氣的對她說：「你擦去了不該擦去的記憶，你要為此付出代價。」

隔天醒來，小詩發現大家都不認識她了。

爸爸媽媽看見小詩一臉困惑，彷彿家裡沒有這個小孩。走進教室裡，老師也疑惑的對照著點名簿，就像小詩是從未見過的新學生。

「她是轉學生嗎？」

「是不是走錯教室了啊？」

同學迷惘的看著她，並漸漸對她失去了興趣，小詩在他們之中就像成了透明人。

「是我啊……」小詩的聲音越來越小，越來越心虛。

原來她擦掉太多回憶，最後甚至擦去了自己的存在。從此之後，再也沒有人記得她了。

——原載二〇二〇年十一月十六日《國語日報週刊》一三三三期

編委的話

• 徐丞妍：

不受喜愛時，以為讓大家的記憶消失就可以了，其實，想要讓大家喜歡，應該是要將自己的缺點改進，而不是讓記憶消失，因為隨著壞記憶，別人對自己的想法也會淡去。

・張芸瑄：

〈記憶橡皮擦〉特點獨到，讓人留下深刻印象。流暢的文筆結合故事架構，讀來酣暢淋漓，跟著故事節奏一起感同身受，不管是文中開頭或結尾，讀來都頗具特色。

・簡郁儒：

不懂節制一直擦，卻沒有想到可以用別種方式改變自己，就是自作自受。畢竟，人生雖然可以修正，卻沒辦法直接抹除，必須靠自己的努力，才能贏得別人的讚賞與肯定。

・黃秋芳：

世界提供給我們的生存宴饗，不是自助餐，而是無菜單料理。我們希望這個、排拒那個，結果越過越忙、越忙就越亂，直到在混沌相生中，感受「世界廚師」的創意和用心，凝視我們擁有的每一個瞬間，才能理解，「珍惜」的意義和價值。

魔法修正帶

曾佩玉

插畫／吳嘉鴻

作者簡介

現居於臺灣新北市一隅，喜愛看電影和散步，讓腦袋放空，任由想像力飛馳。

希望作品能跨越年齡層，不論大人或小孩，都能感受到閱讀的樂趣。

著有小說《圖書館的鬼朋友》曾獲第23屆九歌現代少兒文學獎榮譽獎，童話〈希望池塘〉入選《九歌105年童話選》，以及劇本《餘生》入圍文化部105年度電視節目劇本創作獎。

童話觀

想為孩子們創作溫暖的故事，讓他們的想像力如同展翅的鳥兒，在美好遼闊的天空自由翱翔。

I

阿祥覺得自己每天都過得很倒楣，運氣好差。

他最討厭數學，偏偏數學老師最愛點名他上臺解題目，害他老是在全班面前出糗。

他的個子矮，最討厭打籃球，偏偏體育老師最常上籃球課，他老是被高個子同學「蓋火鍋」，成為大家的笑柄。

等公車的時候，公車老是剛好跑掉，他只能追著公車的屁股喊「等等我」，為什麼司機叔叔都不等等他呢？

每天都有好多好多討厭的事，玩遊戲的時候老是抽到重複的卡片，為什麼連抽卡片都那麼倒楣？

今天是阿祥的十歲生日，他的爸爸媽媽幫他辦了一個熱鬧的派對，還準備一個大蛋糕，蛋糕上插著十根蠟燭，大家都在等他許願。

「我希望……」

我希望能成為一個幸運的人。

阿祥吹熄蠟燭。

2

「阿祥。」

一片黑暗中，阿祥聽到一陣輕輕細細的聲音，有一圈光點圍繞著他飛來飛去，仔細看，是一隻螢火蟲。

「你是誰？」阿祥問。

「我是守護你的小天使，」螢火蟲一邊飛一邊對他說：「為了慶祝你的十歲生日，我要幫你完成心願。」

「你要怎麼幫我完成心願？」

「我要送你一個『魔法修正帶』，只要每天列出你想改變的事情，然後用這個修正帶畫掉，那件事就會徹底消失，好像從來沒發生過。」

「真的嗎？像哈利波特的魔法嗎？」

「可是你要記住，這個修正帶用完就沒了，所以要珍惜。」

阿祥睜開眼睛，原來他做了一個夢。

他趕緊下床，發現書桌上真的有一個紅色外殼的修正帶，閃閃發亮。

他開心的歡呼。

「我得到一個魔法修正帶，太棒了，可是這真的能讓我變成一個幸運的人嗎？」

Happy Birthday

3

自從有了魔法修正帶以後，阿祥每天晚上都會列出討厭的事，然後再一一用修正帶畫掉。

他發現小天使沒有騙他，修正帶真的把他討厭的事都變不見了！

像是他討厭數學老師，就寫下「我討厭數學老師」，然後用修正帶畫掉，隔天數學老師就突然被調走，調去別間小學教書，換來一個新的數學老師。

還有，他討厭隔壁班的李大強老笑他是矮冬瓜，他就寫下「我討厭李大強」，隔天李大強就因為爸爸調職的關係轉學了。

真的太神奇了，只要他討厭的人事物，用魔法修正帶畫掉，就通通從他身邊消失。

今天的考試考差了，用修正帶畫掉，壞成績就消失了；因為睡太晚，上學遲到了，用修正帶畫掉，遲到的事情就消失了；搭公車，結果公車剛好又跑掉，用修正帶畫掉，現在公車都會等他來再出發……好多好多討厭的事情都消失了！

不過，奇怪的是，為什麼每天晚上他還是可以列出好多討厭的事情，好像永遠都討厭不完？

沒有討厭的數學老師，還有討厭的體育老師；李大強轉學了，可是班上的王大雄也很討人厭；考試老是考不好、總是遲到、公車司機叔叔對他還是凶凶的，要他動作快一點……

阿祥不明白，他每天晚上都讓討厭的事情消失不見，可是為什麼他還是不快樂？

4

這天，小天使又到阿祥的夢境裡提醒他。

「阿祥，你的魔法修正帶快用完了，只剩下最後一段，也就是再用一次就沒了，你要好好珍惜最後一次機會喔。」

阿祥夢醒之後，趕緊察看那個魔法修正帶，果然只剩下一小段，他必須要小心使用。

從此，阿祥每晚還是會列出討厭的事，但因為只剩下最後一次機會，他考慮好久，總覺得好像也沒那麼討厭，還在可以忍受的範圍，就通通略過了，把修正帶省下來。

就這樣，仔細想想，好像也沒那麼嚴重嘛。他列出來的、討厭的人事物越來越少。

考試考不好，下次再努力就好了；討厭的老師其實偶爾對他還不錯，也會誇獎他；討厭的同學雖然喜歡取笑他、跟他吵架，不過平常也會跟他玩。最近他早點去等公車，司機叔叔也會對他露出笑臉，要他慢慢來，不要急……

逐漸的，他乾脆不列出討厭的事，省得麻煩，就連那個魔法修正帶也被他擱在書桌最下面一格抽屜底層，幾乎要從他的記憶裡消失。

直到某天在學校上課時，他突然收到噩耗，他媽媽竟然在過馬路的時候被一輛急速轉彎的車子撞到，緊急送醫。

爸爸來學校接阿祥，一起去醫院的手術室外等候，他看到好多大人在走廊哀傷的等待。

大家都無能為力。

阿祥第一次看到爸爸哭，於是他不顧一切拚命跑回家。

他慌亂的在房間裡搜尋，在抽屜裡翻找，終於找出那個魔法修正帶，只剩下最後一小段。

他哭著寫下：我希望媽媽的車禍消失。

阿祥用掉最後一段修正帶，衷心祈禱：請還給我一個健康的媽媽。

5

阿祥睜開眼睛，他躺在床上，好像做了一場很長的夢。

暖暖的陽光從窗戶射進來，他似乎聞到了烤麵包的味道。

媽媽！阿祥匆忙下床，跑到廚房，看到爸爸媽媽已經起床，正在吃早餐，桌上擺著滿滿的食物。

爸爸一邊喝咖啡，取笑他。「阿祥怎麼了？在哭嗎？是不是做噩夢？」

「媽媽，妳沒事了……」

阿祥淚流滿面，想到差點失去媽媽，他的心好痛，幸好只是一場噩夢。

「阿祥，乖，別哭，媽媽很好。」

媽媽走過來抱抱他，拍拍他的肩膀，安撫他。

感受到媽媽的體溫，阿祥終於放下心裡的一塊大石頭，破涕為笑。

這一刻，阿祥被爸爸媽媽包圍著，他感到好幸福，好滿足。

他不需要魔法修正帶，那些平常討厭的人事物根本無關緊要，他覺得自己是世界上最幸運的人。

——原載二〇二〇年四月二十一～二十二日《國語日報・故事版》

編委的話

・徐丞妍：

拿到修正帶後不停使用，只要有一點點不順心就馬上塗掉，幸好在剩下最後一段時才了解有些事可以改變，最後的機會最珍貴。

・張芸瑄：

很多時候我們總是在為了當初後悔，只希望能摒除不圓滿的事，但一味否定無法改變的事，是否真有那麼令人欣羨？修正不喜歡的事終究不能解決問題，只有我們能修正，所以，故事最後會發現，很多我們後悔的並不是什麼大事，其中更有許多是我們自己可以解決的。

• **簡郁儒：**

很慶幸守護小天使的話被聽進去了，將魔法修正帶保留到緊要關頭時使用。不僅讓自己有機會修正行為，也順利讓媽媽回到自己身邊，從而有了最溫暖的依靠。

• **黃秋芳：**

從〈記憶橡皮擦〉延伸到〈魔法修正帶〉，時代改變，意象轉換，我們生命中的追尋和失落，其實都在差不多的循環軌跡裡，慢慢修改，漫漫往前走去，只要能找到自己最適應的生活選擇，有沒有魔法，就不是那麼重要了。

修玩具的老醫生

張英珉

插畫／吳嘉鴻

作者簡介

臺灣藝術大學影音創作與數位媒體產業博士班在學中，影視編劇、文學工作者，兩個小孩的爸比。

童 話 觀

有了孩子之後，依然沒改變對童話的看法——讓孩子開心，讓孩子在故事中想到什麼，喜怒哀樂都是人類的情緒，將情緒化為千變萬化的故事，讓孩子們豎耳傾聽，感受到世界的美好。

「可以……幫我修這個……玩具嗎？」

這天黃昏，小狐狸頭低低的，鼓起勇氣獨自走到山丘上，來到一棟圓圓矮矮的石頭房子前。小狐狸抬頭看，木招牌上的「玩具修理」幾個字都已經泛黃，木牌旁邊還長出了小香菇……

裡面真的會有「玩具醫生」嗎？小狐狸小心翼翼打開木門之後，雙手發抖個不停，山羊老阿公原本正在午睡，聽到喀嘰一聲木門打開，個子嬌小的小狐狸走了進來。

「我……可以修玩具嗎？」

小狐狸從背包中拿出一隻機械暴龍，山羊老阿公打個哈欠，低頭接過這玩具暴龍。

「咳……讓我看看，咳咳……」

「喔，好久不見的玩具了，這玩具至少五十歲了啊，咳咳。」老山羊一看到玩具就知道年份，他看著暴龍尾巴垂下來，發條轉緊了也不會動，拿在耳朵邊搖動一下，便聽到喀啦喀啦的聲音，裡面的零件應該都鬆了吧。

「這個玩具以前會動，可是有一天它從桌上掉下來以後……」小狐狸說話都在發抖，畢竟要獨自爬上山坡，走入老舊不堪的玩具維修屋，對年紀還小的他來說便是個很大的挑戰。

「沒關係……讓我修看看吧。」山羊老阿公微笑著，對還在擔憂的小狐狸說。

「明天再來拿吧，咳咳。」

山羊老阿公是修理玩具的專家，深知修理玩具並非容易的事，要了解玩具的機械結構，要理解齒輪如何轉動，要知道馬達裡面的線圈如何修理，甚至有很多老零件都找不到，只能自己動手做，所以玩具醫生不管是木工或是鐵工都要會一些，才能修好這些老玩具。

說起來，從前當玩具醫生可是很風光的一件事，因為窮的關係，大家都珍惜手上的玩具，如果壞掉就會想要修好它，只不過時代改變了，大家都喜歡買新玩具，維修玩具的玩具醫生也都老去，玩具醫生不斷退休的結果，老山羊就是這個小鎮方圓幾十公里內，唯一的一位玩具醫生。

這一晚，矮矮又暗暗的屋子內，傳來零件轉動的摩擦聲，老山羊小心翼翼拆開暴龍，發現暴龍內部有幾個螺絲斷裂，其實只要更換這個螺絲就可以修好了，只不過，老山羊低頭找，螺絲盒內總找不到適合的螺絲，老山羊還懷疑是自己老花眼才找不到，但翻來找去，甚至唰一聲將螺絲全倒出來在鐵盤中，卻還是找不到適合的螺絲，真不知道該如何是好。

不過，隔了一天的晚上，小狐狸來到老山羊醫生的玩具維修屋，一走入矮矮的屋子，就看到桌子上的暴龍好好站著，尾巴不垂，搖起來也沒有聲音了。老山羊緩緩轉緊暴龍背後的發條，按下開關，咿，喀，鏘，空，碰，嘎茲——暴龍又會動了，緩緩一步步向前走著，嘴巴裡的紅色燈泡一閃一閃，彷彿正吐出火焰，讓小狐狸一看就感動得落淚。

「謝謝老醫生，這是……我爸爸，送我的……最後一個禮物……」

對老山羊來說，他不知道小狐狸的過去發生過什麼事，老山羊只知道，修好玩具，就是給孩子一個希望，一個美好的回憶。

「謝謝你，老山羊醫生，謝謝你！」離去時，小狐狸緩緩走在森林中，腳步看來輕快許多。

「不客氣……咳咳……」老山羊點點頭，和藹地笑了笑。

小狐狸抱著暴龍玩具滿足地離去，他沒發現老山羊動作慢了一些，走路時也發出了更大的聲響。老山羊忍不住露出微笑，雖然暴龍已經老舊，但珍貴的東西不分新舊，他總想盡力修好這些玩具。

只不過，山羊醫生的屋子裡面，還有滿滿的，等待修理的玩具。

有一個缺一顆特殊輪子的小汽車，老山羊找了十幾年，都找不到可以替換的輪子；原本會走路的機械烏龜，一隻腳的齒輪壞掉，讓機械烏龜每次都只能原地轉圈。還有還有，一臺老式的機械挖土機，已經找不到鏟子支架的固定螺絲，鏟子便只能垂著，不能挖砂了。

身為一個老玩具維修醫生，櫃子上滿滿的損壞玩具，儘管有這麼多玩具等著修理，但老山羊知道自己老了，或許這些玩具永遠沒修好的一天，但也無所謂了，這是玩具醫生一定會遇到的事。

每一個玩具醫生都有永遠修不好的玩具，更何況，現在的老山羊，就連戴上老花眼鏡都還看不清楚眼前的螺絲，手總是發抖，拿著螺絲起子要修理玩具時，總是拿不穩而喀一聲掉在桌上。

「修不完也沒關係……就這樣吧……咳咳。」

夜裡，老山羊醫生安慰著自己，緩緩把燈關上，四周一瞬間安靜，只剩下蟋蟀的聲響，唧唧，唧唧。

※

幾天以後，山下的小石虎走到老山羊家的外面，東看西看，來回踱步，終於發現午覺剛起床的老山羊正在打哈欠，小石虎敲敲門走進去，把身上的小布袋打開，原來，裡面有著一個小小的，手上拿著扳手的玩具機器人。

「啊，這機器人……」

老山羊撐著眼鏡，把機器人看個清楚，這一看不得了，這玩具已經有七十幾歲，是很久很久以前十分有名的玩具機器人，名字叫做「阿吉」。

一看到老山羊竟然知道「阿吉」，小石虎馬上嚎啕大哭說起。

「這是我阿嬤送我的玩具，被我玩壞，好像卡住了……山羊醫生……你可以把它修好嗎？」

看這老機器人「阿吉」的模樣，山羊醫生皺著眉頭，但是看到小石虎的眼淚，老山羊還是點點頭。

「還是……讓我修看看吧……咳咳。」

這麼老的玩具機器人「阿吉」，其實幾年前山羊醫生曾在垃圾場看過它，那一天老山羊想救回這個機器人「阿吉」，但是可惜慢了一步，阿吉就被垃圾場的垃圾壓縮機，混著其他的垃圾一起壓成四方形。

如今，看到同款的機器人阿吉躺在維修桌上，老山羊也知道，這或許就是他人生中所能遇到的最後一個「阿吉」。

「本來以為，這麼多年過去，我再也不會看到你了……」

夜裡，老山羊一邊準備維修材料，將特殊的星星造型螺絲起子對著阿吉的背轉開，終於把阿吉的表層拆開來，一層又一層拆開後，才發現裡面一個紅色特殊造型的馬達壞了。

這種老玩具，修不好常常都是因為沒有零件、固定螺絲找不到同規格、馬達找不

到同款式，或有時找到類似的零件，卻連裝都裝不上去。

只不過，老山羊知道，今天不一樣。

這麼多年來，老山羊從沒有和其他孩子說出這一個祕密——

老山羊是一個機器人。

老山羊一想到此，身體又顫抖著嘎啦嘎啦響，老山羊這才打開自己胸口的維修蓋，這麼多年過去，就連專門開發來維修玩具的「老山羊醫生」，都因為零件老化而不堪使用……

老山羊將胸口內的齒輪上油之後，身體終於平緩下來，不再發抖。只是打開胸口，老山羊看見自己的身體裡面，有著和機器人阿吉一樣的紅色馬達。

其實「老山羊」不是「變老」，當年他出廠的時候就是這個造型，他就是「玩具維修——山羊老醫生」，而阿吉就是「玩具維修助手」，兩個一組，送到世界各地去維修玩具。只不過，當初老山羊搭配的阿吉，曾在幾十年前的一趟維修旅程中，掉到山谷裡消失無蹤……

「我們被製造出來，就是要來把世界上的玩具修理好……是嗎，阿吉？」這是老山羊和阿吉所說的最後一句話。

而且，老山羊還有一個祕密，那就是自己出廠的時間很早，所以身上的零件和許多老玩具相同，這麼多年來，老山羊總是將自己身上的零件，拆給需要維修的老玩具，而自己身上被拆走的零件，只能用尺寸不合的零件來替換，也就是如此，老山羊的身體愈來愈不靈光，走路愈來愈顛簸，就像老了一樣。

老山羊小心翼翼，把自己胸膛的螺絲一個個拆下來，最後才動手，終於將自己身體內的這顆馬達拆下，裝在「阿吉」身上。

按下開關，機器人阿吉便開始動起，他的雙眼亮起，抬起半身看著老山羊醫生。

「叮咚噹——玩具維修助手阿吉來了，讓你的童年更美好——」

山羊醫生一聽當年老舊的開機臺詞，忍不住微笑起來，彷彿回到了第一次見到阿吉的那一天。

阿吉終於能動了，他跳了起來，左看右看，看到了老山羊，眼睛一亮。

「山羊醫生，你需要什麼幫助嗎！」

阿吉真的修好了，就像當年這款機器人還在的時候，老山羊總是讓阿吉坐在自己的肩膀上，他們在山頭上行走時總是聊天唱歌，到處替孩子維修玩具，現在能重新看到阿吉，老山羊真想哭，只不過機器人沒有淚水，這種感傷的念頭只能讓他的身體發抖。

剛剛拆下的，是驅動老山羊左手的驅動馬達，殘餘的齒輪無法運作，左手喀啦喀啦，緩緩變慢到再也抬不起來，但沒關係，山羊醫生還有右手可以工作。

「阿吉……幫我修理這些玩具吧，麻煩你了。」

「是的，醫生！」阿吉右手拿著小扳手敬禮，不小心還鏘一聲，扳手敲到了自己的頭。

老山羊開始修理起櫃子上那些無法修復的玩具，在右手還能動的時候，拆著身體的零件，再請阿吉幫忙，將零件一個個裝到這些壞玩具身上。

已經不會動的烏龜車輪，來自於自己身體內一個轉軸；怪手的鏟子固定螺絲，來自於自己的腳踝。各式各樣的大小老玩具，都還能從老山羊身上拆下的零件去補充，只是這一次，老山羊已經沒有規格不合的零件，可以暫時替換了。

「玩具修理中——嗶嗶——」熟悉的阿吉聲說起，他一邊流利地轉著螺絲，一邊將玩具組裝上去。

櫃子上還有一眼看不完的許多玩具，直到山羊醫生的右手螺絲拆下後，便再也舉不起雙手。

阿吉拿著螺絲起子，幫忙拆下老山羊身上的各種零件。

「謝謝你了……阿吉……」老山羊被拆去零件後，說話愈來愈慢。「謝……謝……」

小小的石頭矮屋邊，聽見蟲叫聲唧唧，森林依舊暗著，只有這裡的窗戶中，亮著一盞小小的檯燈。

天亮了，不知道玩具修得如何的小石虎，來到屋外探頭一看，奇怪，屋內都沒人，老山羊到哪裡去了？

「老山羊先生！」小石虎到處找，到處叫。「玩具醫生，你在哪裡？」

老山羊消失了，小石虎走入屋中，發現地上有著許多散落的零件，沒看到老山羊，卻看到了滿桌修好的舊玩具，還有躺在桌上的「阿吉」。

「機器人——」小石虎興奮地打開阿吉背後的開關，阿吉真的修好了，還發出了聲音。

「最棒的玩具，給最棒的你——嘰——我是玩具維修助手——阿吉。」

「啊，原來這玩具機器人還有名字？」小石虎高興地抱著阿吉，這是阿嬤生前送給他的老玩具，如今終於修好還會動，讓小石虎一想起阿嬤，便忍不住落下淚珠。

小石虎沒再看到老山羊，只看到桌上好多好多的玩具，這些玩具不久後被收拾到木箱中，輾轉送給許許多多的孩子，有些進到孩子的房中，有些放在他們的書包裡，儘管玩具都已老舊，卻成為孩子們珍貴的童年夥伴。

老山羊從此消失了。

但是老山羊真的消失了嗎？

沒人知道，其實老山羊一直都在，老山羊存在於許許多多玩具的身體裡，嘎嘎嘎，喀喀喀，嘰嘰嘰，不管是螺絲、馬達、齒輪、皮帶、開關，這些零件不斷地運轉，老山羊存活在每一個玩具之中。

或許，只要看向孩子們的面容，便能知曉，其實老山羊活在每一個孩子的笑容中。

喀啦，喀啦，喀啦。

本文榮獲二〇二〇年吳濁流文學獎童話類佳作

編委的話

・徐丞妍：

很久沒有人找玩具醫生修玩具的懷念和珍惜。最喜歡故事結尾，原來玩具老醫生是個機器人，為了修玩具，願意把自己身上的零件拆下，因為每一個玩具，都是一個人的玩伴。

・張芸瑄：

很喜歡在老醫生和修玩具間做結合的角色設定，加上場景安排，使兩者間有了最好的詮釋。文字鋪藏著縝密的思維，同時將情感比例呈現得恰如其分，吸引人不自覺陷入其中、沉醉於故事的餘溫裡。

・簡郁儒：

玩具醫生犧牲自己的生命，讓別的玩具活下來，依舊可以用不同的形式存在於世上，這種無私奉獻的精神依然深深打動了我。如果，這個世上人人都懷抱這樣的精神，那該有多好！

・黃秋芳：

文學設想和社會運作的相互糾纏，常常引領出很多未來的可能。《一九八四》的文明反思，讓我們思考自由的真諦；《玩具總動員》的深情拉鋸，引發出玩具綠循環的各種摸索和試探，材質替代、回收交換，玩具銀行、玩具圖書館，以及不斷出現的玩具童話，讓物資輪轉成為更具有溫度的新世代思潮。

卷三・光明靜好

狐狸和烏鴉

陳啟淦

插畫／李月玲

作者簡介 ……………………………………………………………

一個兒童文學花園裡耕耘的老園丁，寫過童話，寫過少年小說，最近迷上兒童詩，希望小朋友有屬於自己的詩。
希望小朋友喜歡我的作品，這樣我才有繼續寫下去的動力。

童 話 觀 ……………………………………………………………

童話世界是小朋友的祕密基地，在這個祕密基地裡，他們可以加上幻想的翅膀，海闊天空任遨遊，在這裡，花兒會說話，小鳥可以當朋友，那是宗教家所講的天堂或是西方極樂世界？
讓我們來為小朋友創造祕密基地，讓他們悠游在屬於自己的想像空間。

「孩子，這個世界上除了那些兩條腿的人類之外，就數我們狐狸最聰明。」

「是的。」

一對狐狸父子走在森林的草地上，爸爸正在教導兒子生存之道，小狐狸聚精會神的聽著，唯恐漏聽了一句話，狐狸爸爸生性多疑，對任何事情考慮得都特別多。

「還記得我們的老祖宗吧？竟然能夠把樹上烏鴉嘴上的肉騙到手，真是聰明到極點了，以後你上狐狸學校，每一本教科書上都會提到這件事，你一定要牢牢記住。」狐狸爸爸得意洋洋地說。

「爸，這個故事我已經聽過一千次以上了，倒背也不成問題。」小狐狸說。

忽然，他們看到前方有一塊肉，不約而同地跑過去。

「小心！有陷阱。」狐狸爸爸大喊，他想到書上寫的，誘餌附近常有挖空的深洞，上面鋪著樹枝、樹葉做偽裝。

「是嗎？」

小狐狸帶著懷疑的口氣問，他小心翼翼地在那塊肉四周繞一圈，並沒有發現深洞陷阱。當他想走過去吃那塊肉，爸爸又大聲喝止——

「小心！有捕獸夾。」

小狐狸的叔叔被捕獸夾抓住了，只能眼睜睜等死，難怪狐狸爸爸想到捕獸夾就嚇得發抖。

「是嗎？」

小狐狸半信半疑，他去找了一枝樹枝來，在那塊肉下方刺探，並沒有捕獸夾。他正想去拿肉，又聽到大喝一聲——

「小心！有埋伏。」

他們迅速躲起來，許久都沒有動靜，狐狸爸爸悄悄地出去看仔細，原來剛才把樹幹看成槍管了。

「爸爸，沒問題了吧？」小狐狸問。

狐狸爸爸看了又看，想了又想，才決定說：「沒問題。」

正當他們小心翼翼走過去時，一隻烏鴉從空中飛下來，迅速地搶走那塊肉，然後飛得好高好遠。

——原載二〇二〇年《小鹿兒童文學雜誌》秋季號第十一期

編委的話

・徐丞妍：

寓意深刻，讓我知道其實人不能一直防守、戒備、要懂得慢慢放下心，就算錯了、失敗了，也得到了一次寶貴的經驗，總比永遠拿不到的好。

・張芸瑄：

開頭就點明狐狸的個性聰明又多疑，從狐狸父子找尋食物的過程推展到狐狸與烏鴉間的競爭關係，成年狐狸的疑神疑鬼與小心謹慎對比年幼小狐狸的大而化之及純真直率，令人發噱；結尾又呼應了開頭的狐狸和烏鴉，烏鴉再次從狐狸的手中扳回一城，留給讀者自行想像的空間，在敘事中不忘夾帶反諷的幽默，很get到我的點。

・簡郁儒：

諷刺性的結尾，帶給讀者極為深刻的印象。讓人理解，雖然要謹慎行事，但也無須過於小心翼翼，反而限制了自己，寓意深遠。

・黃秋芳：

有點驚奇，也有點開心，這種回到傳統寓言的創作筆致，竟然深受孩子們喜歡，在集體支持中呈現的各自詮釋，有一種復古中注入現代節奏的簡單純粹。

輸家村

鍾宜秀

插畫／劉彤渲

作者簡介

曾就讀世新新聞系，並於就讀期間至美國威斯康辛大學雷河分校交換，選修文學課程，而後因對文學的熱情與堅持轉學至國立臺北教育大學語創系就讀。

喜愛文學、電影、心理學、社會學，曾獲2018磺溪文學營文學獎小說組佳作。

童 話 觀

對我來說，童話並不是給兒童看的，而是大人心裡住著的孩子；小孩比大人看得更透澈，讓事情複雜的是執意長大的人。童話世界，孩子才是我們要尊崇的；大人反而得透過童話找回本心。

遠古之時，黃帝與炎帝欲一統天下，與蚩尤大軍廝殺，稱為逐鹿之戰。傳說蚩尤為三頭六臂的殺戮戰神，黃帝不敵，求上天幫助，玄女下凡問黃帝有何請求，黃帝回：「百戰百勝！」於是得天女相助，大敗蚩尤。

蚩尤誅殺無道，威震四方，被黃帝畫於旌旗上，壓制不服從的敵人，而後殺蚩尤於黎山，身首異處，頭、手、大腿骨分葬三處。

蚩尤的追隨者夸父、刑天等，則被驅逐到一塊荒地，永世不得遷徙，炎黃起名「輸家村」。

輸家村收留逐鹿之戰的戰敗者，成為炎黃子孫不齒之地。

由於炎黃氏忙於平定天下的疏忽，輸家村幾十年來自給自足，避世度日，儼然成了一處山明水秀的邊疆村落。

日出而作，日落而息，不知憂愁為何的輸家村，成了一處邊有十里桃林，村有九戶大家的安樂地，溪有肥魚，酒有桃芳，絲竹起落，眾人盡歡，就這樣過著與世隔絕的日子。

直到一個外人來到輸家村。

自從輸家村來了一個生面孔，已經過了五個月。

阿軒拎著一支用黃色錦布裹起來的劍，邁開步子，一下晃到村外十里桃林。

他走到一棵桃樹下，輕輕一蹬，躍上枝頭，便站在那裡不動，任由桃花飛落。

突然，他吸足氣大喊：「阿苗！」

方圓百里都傳遍這聲叫喊，震得落花飛旋。

砰！

底下撿桃的還以為是桃太郎連人帶桃從樹上砸下來，紛紛抬頭觀望。

倒是望見一個女孩子，從花堆爬起來，露出那顆被剪壞的男生頭大喊：「臭阿軒！你找死啊！」說完拍拍身子，還有摔疼的屁股。

那個叫阿軒的男孩如花般輕飄飄地落地，似笑非笑地說：「師父說你再不回去，要蹲著馬步提三桶水。」

「臭老頭，又要叫我做牛做馬什麼！那第三桶水用屁股提嗎？師父老糊塗了連數數都廢啦！」阿苗嘴上大聲嚷嚷，腳底抹油一溜煙跑了，阿軒笑一下，連忙跟上。

阿苗狠心撇下良辰美景，總歸不白費，師父免了她第三桶水，倒是叫她洗了一個月的廁所。

洗茅坑的第三個星期，正逢夏季，村子趕著熱鬧，舉辦了一個還算像樣的祭典，說祭典是好聽了，不過就是每家每戶在門口擺個攤子，意思意思。

這天阿苗又在洗廁所。臭氣熏天，攪和著阿苗的怨氣。

「臭徒兒！為師要去祭典上擺攤，你呢，就好好在這裡洗，沒洗完不准走！」一個滿頭白髮的糟老頭左右手各扛一桶大酒甕，喜孜孜地滿面春風，又轉頭對著身旁的另一個弟子說：「阿軒，你看著她，要是她沒洗乾淨就偷溜出去……。」師父沒有說完，倒是挑挑眉，瞪阿瞄一眼。

阿軒心領神會。

師父走遠後，阿苗心不甘情不願地說：「擺什麼攤，不就是去找魃奶奶喝酒去了嗎？當我傻子呢！」

而後轉頭，可憐兮兮地揪著阿軒的衣襬，帶哭腔說：「阿軒，拜託！」

這可是一年一次難得的夏日慶典，誰要待在這裡刷馬桶啦！

阿軒耐著性子一連拒絕了十次，阿苗不肯放棄，死纏爛打，一哭二鬧三上吊。

終於在第兩百三十七個回合，阿軒耐人尋味地說：「好吧，如果你可以回答我的問題，而且答案我很滿意，我就帶你去。」

阿苗好說歹說終於得了機會，一口答應。

阿軒一改平時吊兒啷噹的神態，正經臉色問：「阿苗，你快樂嗎？」

這個問題，殺得阿苗一個措手不及，事實上阿軒自己都覺得這個問題很唐突。

但阿苗回答得不假思索更讓他驚訝。

「快樂，很快樂。」阿苗笑得很真誠。

這樣的回答反倒讓阿軒困惑。

「阿苗，掃廁所怎麼會快樂？」

「吓，當然不快樂。」阿苗努努嘴。

「那你剛剛是？」阿軒有點亂。

阿苗不理會對方繼續說：「我有師父，有阿軒，有姚奶奶、刑爺爺、夸爺爺、何奶奶、魃奶奶，雖然我沒有爸爸媽媽……你還記得隔壁鎮的炎家嗎？」

阿軒應了一聲說：「那家少爺可囂張了。」

「可不是嘛，師父說有些人擁有一切，卻總是緊張東西被搶走，睡不好。我是聽不太懂，不過我有的東西倒是別人都搶不走的。」阿苗得意拍拍胸脯。

「哦？你說那些破銅爛鐵？」阿軒不置可否，挑眉道。

「錯！我有輸家村，有桃林、有陽光、有家人。」阿苗難得可以糾正別人。

輸家村按照名字來看，就是輸家的村落，別人聽這名字都避之唯恐不及，就阿苗如數家珍，但這確實是別人搶不走的地方，因為這裡不屬於任何一個政權，儼然就是一個桃花仙境。

阿軒釋懷地笑出聲，從沒想到透過阿苗也有這麼醍醐灌頂的一天。

是啊，天底下的樂土莫過於此。

遠過於贏得天下卻總想著怎麼不被人搶走的日子。

阿軒突然想起這麼一段話：得天下並不快樂，贏家不快樂；不快樂就是輸家。

「阿軒？你不快樂嗎？」阿苗看著對方神色變換得頻繁，忍不住問。

這次換阿軒不假思索地回答：「很快樂，從來沒有這麼快樂。」

慶典很是熱鬧，夸家的攤子擺上一籃又一籃的桃花乾。

刑家的攤子擺上兵器，大家都知道這些不過是曬出來炫耀的，真要向他們買，他們也不會賣。刑家的人不好惹，手拿鋒利的武器，卻老愛亂揮舞。

何家的賣著兌換券，開放了自家後院的溫泉池水，每天曬太陽的湯水誰不喜歡？

魃家的就不說了，他們從沒認真擺過攤，倒是常常拎著火把湊熱鬧，撐撐場面。

阿軒與阿苗一前一後地逛攤子。

他們踢毽子、射鏢靶、切磋武藝、偷喝酒、抓夸家的寵物蛇來玩，一下爬人家的屋頂，一下闖人家的後院，打打鬧鬧，大家雖然出頭叫罵幾聲卻總以笑聲揭過。

一下，來到了黃昏。

阿軒看著阿苗抱著戰利品，幾乎看不到頭，這豐收的程度簡直是橫掃各家庫房了，但也不是阿苗搶來的，都是見到的人送的。

「我拿吧。」阿軒伸手接過來，躲在戰利品後面滿足地偷笑。

他真是太喜歡這樣的生活了，逍遙自在、自在踏實。

更重要的是，這裡有他認定很重要的人。

向那丫頭看去，阿苗籠罩在夕陽的餘暉中，笑容閃爍。

突然，阿軒的袖子被猛然扯住。

「軒轅哥？」一個跟阿軒長得七分像，年紀稍小一點的男孩叫道，那男孩正扯著阿軒的袖子，使他原本捧著的東西散了一地。

阿軒愣住，楞是沒出聲。

「軒轅哥！果真是你！」那男孩先是喜出望外地興奮扯著阿軒的手，下一秒卻氣憤到臉都漲紅起來：「這幾個月都滾哪裡去了！大家都在找你！沒想到你果真在輸家村裡，是不是那老匹夫挾持你？不行，這個輸家村不能留！我要回去稟告……」嘰哩呱啦說了一大堆，又氣憤又激動，好像遭了冤大頭一般。

只是話還沒說完，便被站在一旁的阿苗打斷：「你誰啊？怎麼沒在村裡見過你？」

那男孩正發洩幾個月來的擔心受怕，再加上突如其來的「驚喜」一下轉不過來，卻被阿苗打斷，把一股腦要倒出來的話梗在喉嚨裡，他氣得轉而對著阿苗破口大罵：「我在說話，你插什麼嘴！臭小鬼你當然沒見過我！一群手下敗將的鼠窩要我來我還嫌晦氣！」

這話一落，便引起周遭人注意，阿苗還在旁邊嚷嚷著自己才不是什麼臭小鬼，是個姑娘家。這下一村子的人圍上來用嬉鬧的口氣問：「阿軒，你朋友？」

眾人一副看好戲的模樣。

阿軒重重嘆了一口氣。

「你們等著瞧吧！不等幾日我炎黃子孫就踏平這個輸家村！」那男孩擺出不可一世的表情，像個猴子跳來跳去大聲喊道。

嗯？什麼？炎黃子孫？

眾人你看我、我看你，楞是沒人知道那什麼碗糕。

旁人的反應讓正得意的傢伙絆了一腳，惱羞成怒道：「沒教養的蠻人！見到炎黃子孫還不退下！你們這群輸家後代，還真把難民營當安然鄉了？」

說別人沒教養就真的沒什麼教養了。

輸家村大家平時客客氣氣，認真起來是很可怕的。

這不，刑家人便提著斧頭，一字排開，圍著那人，露出凶神惡煞的黑臉，示威性地甩甩手裡的「工具」，周圍的人識相地閃邊。

刑家的武藝總歸一句，刀槍不長眼，出手不分敵我的。

「這是要造反了！」那自以為是的傢伙扯開嗓子，大聲一吼，奮力一跳，右手從背後猛的一抽，甩出一把劍，仔細一看，原先也是一匹黃色錦布裹著的。

刑家人一字排開加上黑臉跟煞氣的刀槍劍斧，看著如銅牆鐵壁，氣勢雄厚，卻是一群沒什麼眼力的擺設，只得硬著頭皮接下幾招，而對方仗著自己身形輕巧穿梭自如，刑家人被搞得眼花撩亂，打起來又不分敵我，便敗了下來。

刑家大老悠悠嘆口氣：「叫你們平時跟著老夫練拳，偏要耍大刀，回頭看老夫怎麼操練你們。」

刑家小輩應付招式都來不及，難得頗有秩序地齊聲委屈叫道：「爺爺！你當年也是這麼耍斧頭的啊！」

「我來！」夸家的人見刑家的人靠不住，便閃身一跳，越過了那群不知道在砍哪的刑家子弟，殺到對手面前袖子一揮，五花八門的蛇便一窩蜂地向對手頭上扔過去。

那傢伙看到蛇便慌亂起來，提劍便砍，卻仍勉強穿梭在蛇群間，往夸家老大那殺去，一劍便要從人家天靈蓋砸下去，夸家老大不知何處抄來一根桃木杖，硬是接下了那一招，電光火石之際，提了一腳，虛晃一招，趁對方閃躲又順手扔了一顆火石子，對方來不及閃躲，砰！臉黑了去，髮尾都焦了。

周圍人看他狼狽，毫不掩飾地大笑，那夸家老爺爺倒是矜持，只是微微彎了嘴角，眼底卻有些情緒來不及掩蓋。

阿軒望見夸家老爺爺眼底的情緒，心底了然，那是他剛來這村子時，夸家爺爺第一次見到他的神情。

阿苗目不轉睛地看著那男孩的身手，不自覺想到阿軒五個月前來輸家村踢館的時候，走得也是這個陣勢，使的也是這個劍法，還想起師父與阿軒比試完後，嘴裡喃喃一句：「黃帝《清角》。」

這麼一走神，阿苗沒見到對方提著劍往這裡掃來。

眼看劍就要砍到阿苗，一把劍橫空出現，擋下阿苗鼻尖殺氣騰騰的劍鋒。

「夠了，不許胡鬧！」阿軒挺身擋下，一招「逃之夭夭」，乾淨俐落地化解對方攻勢。

這「逃之夭夭」的精隨就在不戀戰，簡潔有力的回防給自己逃命的空檔。

阿苗一步沒動，呆愣愣地望著阿軒的側臉，即便使出了充滿輸家精神的招式，阿苗卻一點也不覺得漏氣，甚至從沒見過阿軒這麼凶狠，他迸發出來的氣場令人退避三舍，儼然就是個不屬於輸家村的氣息。

阿軒擰著眉往前站，對那人斥喝一聲：「回去！」

那與阿軒長相七分像的男孩哼了一聲，滿不在乎地道：「你就這麼在意輸家村的人？」

阿軒鄭重點頭：「爺爺死前說的話，我就是在這學會的。」

這句話怕是有針在裡頭，扎得那男孩急跳腳：「爺爺那時神智不清，說的話能信嗎？當歷史的贏家有什麼不好？當年逐鹿之戰，爺爺得天獨厚，請了神女相助，大敗蚩尤，利用蚩尤統一了其他部族，最後將這個殺戮魔鬼大卸三塊埋在不同地方，平定天下，如今都以身為炎黃子孫為傲，因為勝利、正統都站在我們這邊，二哥你為何要捨棄這麼好的身世？」阿軒的弟弟露出難以理解的神態，好似這真的困擾他，困擾了生命短短十幾個年頭。

阿軒聽完，苦澀地說：「二哥當年也不相信，總想著爺爺身為贏家，得了天下，卻如此不快樂，那輸給他的人必定更痛苦，為了證實，便親自來輸家村，期望自己看到一群痛不欲生的手下敗將，卻發現，這裡的人早就遺忘了征戰與痛苦，他們一無所有，卻從不貪求……炎黃家得了天下，實際上卻是失去了天下樂土；歷史的輸家失了天下，卻得到了絕世安樂。」

在炎黃家我從未如此快樂。阿軒不忍說出心底所想，笑得很苦澀。

阿軒的弟弟聽到這個答案萬分錯愕。

「老夫當年被大卸成三塊，花了不少時間才再站起來啊。」阿苗的師父從人群走出來，手上還拎著一壺桃酒，風霜滿面地笑了。

阿軒的弟弟聞言，疑惑地看向老人，看到的卻不是傳說三頭六臂的魔人。

阿苗的師父不理會其他人，逕自走到阿軒面前，拍拍他的肩說：「為師囑咐你幾句，便上路吧，是時候了。」

「阿軒，你真的要走？」阿苗扯了阿軒的衣袖問。

「去去，別老黏著我二哥。」阿軒的弟弟嫌棄地擺擺手，對這個髒兮兮的野丫頭很有意見。

阿苗不理會他，只一個勁地盯著阿軒的眼睛，手緊攥阿軒的袖口。

「是得走，但我答應你，我會回來。」阿軒伸手摸摸阿苗的頭，想著總該回家做個了斷。

阿苗憋著，欲言又止，最終只說了一句：「好。」

但凡她的東西都是別人搶不走的，她有這個自信。

阿軒離開村子時，大家都擠在村子口送行。

「給你壯膽。」魃奶奶硬是扯過阿苗師父手中的酒，轉手送給了阿軒。

阿軒的弟弟忽地看見魃奶奶手背上的一塊印記，猛然想起外界傳聞——無法回天上的神女贏得征戰卻受到怠慢，對黃氏心寒。

他不自覺也摸了摸自己的手臂，那有一塊刺上「黃」字的印記，轉眼便對上了魃奶奶的視線，對方眼裡含著他無法解讀的意思，像是……憐憫。

「桃花乾做的桃花餅，給你解饞。」夸家老大塞了一包在阿軒手裡，阿軒若有似無地瞥了一眼站在後頭的夸家爺爺，正朝著他擠眉弄眼。

阿軒感受到腳邊纏著一條冰冷冷的動物，微不可察地點頭。

「溫泉粉，找個池水，歇著的時候可以泡。」何奶奶笑得溫柔，遞了一包給阿軒，手暖得如冬日太陽。

阿軒的弟弟看著二哥一副捨不得離開的樣子，突然有些不耐煩。

「喏，給你。」突然一雙手捧著桃花伸到阿軒弟弟面前。

「輸家村有桃林、有陽光，有一大堆人歡迎你！」

阿軒的弟弟望著手裡捏著的桃花，輕輕柔柔，讓人不自覺放輕力道，一陣風吹來，花飛去。

此時他與阿軒已經走到了十里之外。

「也許，當輸家也不是那麼糟。」

阿軒聽到後無聲笑笑。

——原載二〇二〇年《小鹿兒童文學雜誌》秋季號第十一期

編委的話

・徐丞妍：

「我有輸家村，我很開心」，最喜歡這句話，不會因為自己是輸家祖先的後代而感到自卑，反而因為輸家村的鳥語花香而驕傲。

・張芸瑄：

篇名雖為輸家村，實則為贏家村。有人贏了天下卻失了樂土；輸家失了天下卻得到絕世安樂。這份輕鬆自適反映在輸家村每個村民的血脈裡，淡忘征戰痛苦，創造一個別人學不來搶不走的世外桃源。故事設定從神話發想，以類武俠的內容呈現，融說理於寓意，讀起來令人深受感動、餘味無窮，我非常喜歡。

•簡郁儒：

輸，不需要自卑，因為有輸才會成長。雖然「輸家村」這個稱號，聽起來給人消極的印象，但故事中的人們並不自卑，過著和一般人同樣的生活。這樣的標題設定，很能抓住讀者目光。

•黃秋芳：

黃帝和蚩尤的戰爭延續，贏者和輸家的生命拔河，自己的選擇、他者的標籤和社會環境的認同和局限，這些不可能找到標準答案的追索，讓人深思，人生的競賽，是空間拉鋸的瞬時勝負？還是時間拉長後全面的檢視？

打呼公主

陳麗芳

插畫／劉彤渲

作者簡介

正職是育兒。喜歡說故事和讀故事，偶爾也寫寫故事。擁有的最大資產是信仰和家人。童話作品曾獲桃園鍾肇政文學獎副獎、臺中文學獎第三名、香港青年文學獎推薦獎。

童話觀

童話是屬於孩子的，它應該是一位好朋友，能與孩子產生深刻的連結；也應該是一位好主人，能供應孩子想像和休憩的角落；更應該是一位好的尋寶者，帶領孩子發現自己內心的珍寶。

琪琪，是一位真正的公主。她的爸爸是阿不列登王國的國王，她的媽媽是阿不列登王國的皇后，她從小在美麗的城堡裡長大。而且，從琪琪會走路開始，她天天戴著金色小皇冠，穿著白色蕾絲裙，她對每個遇見的人微笑，說話總是輕聲細語。阿不列登的每個人都說，「我們琪琪公主，是世界上最完美的公主了。」

但是，琪琪有一個祕密，連她自己都不知道。

有一天，琪琪又拜託皇后，「媽媽，我能邀請安妮來我們的城堡過夜嗎？」她已經十歲了，很渴望和朋友一起開個睡衣派對。

「我的寶貝，這恐怕不太好……」皇后皺起眉頭，開始努力想用什麼方法使女兒打消念頭。

「媽媽，這是我唯一的心願，拜託妳、拜託妳！」看著琪琪充滿期待的樣子，皇后只好勉強答應。但是到了睡衣派對當天，城堡裡好多人請了病假，國王也病懨懨的躺在床上。

「琪琪，我想睡衣派對還是取消吧，」國王用力咳了幾聲，「現在城堡裡一定有很多感冒病毒，你也希望安妮健健康康吧。」

「是的，爸爸，請您好好休息。」琪琪是個好公主，她不吵也不鬧，只是請管家把為派對準備的蛋糕和禮物，都送去安妮家裡。她在窗邊看著管家愈走愈遠，心情也愈來愈低落。

這天晚上，皇后為她唸了一本又一本睡前故事，陪她直到睡著。

「呼——噓——」如雷般的打呼聲立刻從床上傳出來，皇后連忙幫女兒蓋好被子，掩著耳朵逃出房間，關上隔音的大門。這時，國王早已在門旁等候，「琪琪她還好嗎？還是很不開心嗎？」

皇后嘆口氣，「我也沒辦法，這個祕密不知能夠瞞多久。」

自從琪琪出生起，她就很會打呼，而且年紀越大，打呼聲越誇張。雖然，國王暗暗請來很多有名的醫生治療，卻完全沒用。

國王和皇后擔心琪琪知道這件事會很難過，刻意保守祕密，拖一天算一天，祈禱將來會有奇蹟降臨。

沒想到，一個月之後，琪琪學校的冷氣突然壞了。雖然立刻找人修理，卻沒有辦法馬上恢復，在炎熱的夏天裡，教室是一個巨大的烤箱。大家揮汗如雨，連香噴噴的午餐都吃不下去。

於是，琪琪站起來邀請同學們，「今天中午，請大家都來我的午睡室一起吹冷氣休息吧！」

「這樣好嗎？會不會令你不能好好休息？」安妮擔心地問。

「沒問題的，頂多我不睡午覺就好啦！」琪琪微笑回答。

然而，冷氣吹出來的涼風實在太舒適了，琪琪一下子就沉入夢鄉，當她揉揉眼睛醒來，身邊只剩下安妮一個人，其他同學都圍在窗外，用一種非常奇怪的眼光看著她，還有幾個男生在交頭接耳。

「發生什麼事了？」琪琪不解地問。

安妮憐憫地看著好友，「琪琪，原來你一直隱藏這個祕密，別難過，如果是我，也不希望別人知道。」

琪琪沒聽懂，窗外一群男生忽然大聲唱，「琪琪是個打呼公主，超級會打呼，比水牛更大聲，比恐龍更大聲，真是嚇死我們！」

安妮生氣地制止，「不准唱！」她又轉頭對琪琪說，「沒有那麼誇張，妳頂多就是……我們阿不列登的打呼冠軍！」

「我是……打呼冠軍？」琪琪的臉一下子紅了，「我是公主，怎麼可能是打呼冠軍?!」她的眼裡充滿了淚水，摀著臉跑出教室。

隔天早上，整個阿不列登王國報紙、電視的頭條新聞，全都是「甜美公主兩面人，打呼更勝打雷聲！」

雖然，國王和皇后不斷安慰琪琪，她仍然非常難過，她把皇冠和蕾絲裙都丟到角落，不敢出門，也不願意見任何朋友。

「她把自己關起來了，怎麼辦？」皇后擔心得吃不下飯。國王召來所有派駐在阿不列登王國的大使，請求他們儘快在各自的國家找到消除打呼的方法。國王承諾，只要有人成功，就把城堡送給他。

一週後，果然有三個國家的大使前來，他們自信滿滿地邀請國王全家造訪自己的國家，保證能幫到琪琪公主。琪琪立刻打扮成普通女孩的樣子，跟著爸媽踏上旅途。

第一個國家是愛美國，這個國家醫療最先進。愛美國大使帶領他們到國內名聲最大、設備最好的醫院。琪琪接受一連串精密的檢查後，穿著白袍的老醫生走出來，滿臉笑容地說，「可愛的公主，我們決定為你的鼻子和嘴巴進行最高級的手術，你一定會對成果很滿意。」

「手術之後，我就不會再打呼了嗎？」琪琪無比期待地問。

「這個嘛，大概只有十分之一的成功機會。但是經過手術後，我們百分之百保證你的鼻子會更高挺、嘴巴會更美麗。整個人煥然一新！」

「可是，我很喜歡自己的鼻子和嘴巴，我只是不想再打呼而已。」琪琪傷心地垂下頭。國王和皇后互看一眼，二話不說，牽起琪琪的手去下一個國家。

第二個國家是愛樂國，這個國家熱愛音樂，幾乎人人都能夠演奏出美妙的樂章。愛樂國大使胸有成竹地說，「只要在公主熟睡的時候，安排一支頂級交響樂團在旁邊，按照琪琪公主的打呼聲伴奏，就能把打呼聲變成非常了不起的音樂。」一家三口聽了都非常滿意。

然而，當大使開始播放打呼的錄音，請音樂家們配樂時，由於他們從來沒有聽過這種奇怪又響亮的噪音，個個驚慌失色，表現失常，彈鋼琴彈走音了，吹笛子的被口水嗆到，拉小提琴的也把弦拉斷了。琪琪實在聽不下去，只好落寞地離開。

第三個國家是愛睡國，這個國家非常重視睡眠，而且睡覺的癖好特別多、特別普遍。愛睡國大使帶他們到一間「怪怪睡」小學，這裡專收有特殊睡覺習慣的孩子。當他們參觀學生睡午覺的情形時發現，每個孩子都戴上耳塞、眼罩，睡在自己的沙發床上。過沒多久，他們開始打呼、流口水，有的磨牙、有的夢遊、有的拳打腳踢加翻跟斗，這些孩子睡覺的情景簡直是一場混戰。琪琪自言自語，「真厲害，我應該可以融入他們吧。」

但是，國王和皇后卻不那麼想。他們急著拉琪琪離開，因為他們十分擔心，女兒已經是打呼冠軍，如果留下來後又變成磨牙冠軍、夢遊冠軍，那該怎麼辦？最後，他們拖著疲憊的身體再度搭上飛機。

琪琪越想越難過，如果是跑不快、長不高、字不漂亮，她還可以加倍努力，但睡著的事，她根本沒辦法。想著想著，她不小心睡著了。

她的打呼聲立刻傳遍整架飛機，聲音越來越響，甚至震動了飛機的雙翼，機長為了大家的安全，只好緊急迫降在附近的小島上。幸好，所有人都平安無事。

當琪琪醒來發現自己闖的禍時，感到非常抱歉，皇后安慰她，「這裡叫做美夢島，風景美麗，料理好吃，島民也很親切，我們就當作來這裡度假吧。」

皇后說的沒錯，這裡的確是天堂般的小島。琪琪和島民的孩子一起在細白的沙灘上賽跑、撿貝殼、堆沙堡。直到深夜，他們才依依不捨地分開。

廣闊無邊的沙灘上，躺在吊床上的琪琪很快就睡著了，她的打呼聲和海浪聲一唱一和，就像大地的搖籃曲。琪琪還夢見自己和朋友一起玩水。

然而天亮後，她找遍島上每個角落，卻找不到她的新朋友們。她很傷心地問國王，「他們是不是討厭我打呼，所以躲起來了？」

「我的小公主，當然不是。這個島上沒有小學，他們一早就搭船去上課了。要週末才能回來。」國王很溫柔地解釋。

原來，美夢島並不是一切都很美好。這裡沒有學校也沒有醫院。島民只能倚靠每週一次的大船，帶他們去上學和看醫生。

琪琪想到自己每天都有爸爸、媽媽陪，島上的孩子卻沒有，心裡更加難過。她仰著小臉問皇后，「媽媽，我要怎麼做，才能幫助這裡的島民呢？」

皇后輕撫著女兒的長髮，輕聲回答，「我的寶貝，你是公主，盡力去做你能做的，一定能幫助到他們。」

那天晚上，琪琪望著滿天星星左思右想，翻來覆去，一直想到天亮，終於想到了一個好辦法。

回到阿不列登王國後，琪琪再度戴上金色小皇冠，穿上白色蕾絲裙，站到人民面前。她鄭重宣布，「我即將展開一連串的國際訪問，每到一個國家，我會先進行友善拜訪，在晚上，我會舉辦幫助美夢島的愛心義演。」

「愛心義演？公主要表演唱歌跳舞嗎？」很多人好奇地問。

琪琪搖搖頭，深吸一口氣才說，「我要在一個透明的房間睡覺，並進行打呼表演，只要願意捐錢幫助美夢島的人，都可以參觀。」

「花錢看公主打呼？」人們都不敢相信自己的耳朵。

「沒錯，因為我是公主，也是世界級的打呼冠軍。」琪琪挺起胸膛，無比認真地回答。

琪琪公主的決定獲得國王和皇后的支持，也在各個到訪的國家引起熱烈的回應，從早到晚都有人排隊買票，這些人之中，一半是想見識這位小小年紀的打呼冠軍，另一半則是因為佩服公主的勇氣和愛心。

參觀後的人都豎起大拇指，稱讚地說，「沒想到那麼瘦小的身軀裡，隱藏那麼大的能力，不愧是琪琪公主！」

幾個月後，琪琪把所有收入捐給島民。美夢島的美夢終於成真，第一間學校的名字就叫做：琪琪公主小學。

漸漸的，打呼公主的名號傳遍全世界，現在，阿不列登的每個人都說，「我們琪琪公主，連打呼都是冠軍，是世界上最完美的公主了。」

本文榮獲二〇二〇鍾肇政文學獎童話組副獎

編委的話

・徐丞妍：

世界上沒有人是十全十美的，再怎麼厲害都還是會有天生的缺點，把原來的缺點改變成優點，像打呼公主以「打呼冠軍」帶來幸福，就可以受到尊敬。

・張芸瑄：

當自以為的最完美被打破時，我們會因此自卑難過，想逃避與知情的人碰面，一方面又想要解決問題；到最後學會調整自己的心態，改變別人的眼光，就像我們生活中遇到困難時一樣，「重要的不是別人怎麼想，而是自己要怎麼做」，非常勵志。

‧簡郁儒：

「利用打呼方式來幫助偏遠地方的居民蓋房子」，這樣的構想乍聽之下很荒謬、可笑，根本不可能達成，卻充分體現「助人為快樂之本」的道理，善用自己的缺點成功幫助許多人。

‧黃秋芳：

像小王子遊歷過一個又一個星球，小公主也在一趟又一趟不同的國度裡，從被保護的無知，經歷挫敗、羞恥、逃避到面對。我是公主，也是世界級的打呼冠軍。把缺點化為優勢，這是多麼大的精神磨難和生命勇氣！

小狐狸下山

鄭丞鈞

插畫／陳和凱

作者簡介

臺中東勢客家人，臺東師院兒童文學研究所碩士，曾任出版社編輯，現為國小教師。作品曾獲九歌現代少兒文學獎、國語日報兒童文學牧笛獎等獎項，目前已出版《帶著阿公走》、《機器人大逃亡》、《妹妹的新丁板》等書。

童話觀

想給小朋友一個很歡樂的閱讀經驗，這就是我寫童話的動機。

小狐狸阿德已從狐狸師父那裡學完功夫，他急著下山，好展現他的真本事。

「師父，等我在山下發光發熱，有一番成就後，再回來看你。」阿德這樣對師父說。

老師父很疼愛這個機伶的小徒弟，雖然很捨不得，但也不能阻止他去發光發熱呀！

阿德來到山下的大城市後，做的第一件事就是去當模特兒。

阿德覺得模特兒站在伸展臺上扭腰擺臀，又有投射燈及音樂的加持，完全符合他「發光發熱」的目標。

於是阿德搖身一變，變成一個面部有深邃輪廓，身高有一百九十公分，俊美得像尊希臘雕像的男模特兒。

唯一的缺憾就是他那條狐狸尾巴，不管如何變，就是變不了，還在褲子後頭鼓成一團，難看死了。

「沒關係！我還有這招！」阿德臨機一動，乾脆將尾巴從褲袋露出來，把它當成手巾，還染色、做造型。

阿德一入模特兒界就立刻爆紅，不到幾個月的時間，就晉升為超級模特兒，他那條獨特的手巾，更是迷倒無數粉絲。

不過阿德的竄紅，引起同業的眼紅，有一天在更衣室裡，一個同事拿起剪刀往他的手巾用力剪下去！

「唉喲！」阿德痛得大叫一聲，在大家的笑鬧聲中，他摀住屁股急忙逃出去。

「我不要待在模特兒界了。」阿德如此告訴自己，「這裡的人心腸好壞。」

只是不當模特兒，那要做什麼呢？

「嗯，我可以開麵包店，還可以成立許多分店。」

阿德見到前方的麵包店有好多客人，腦袋浮現出他開店有成，名利雙收的畫面。

於是他找了塊空地，變出一棟麵包屋出來，還進了許多麵粉及食材，用心地在屋裡研發各種口味的麵包。

只是麵包屋裡整日都有香味傳出，卻始終不見阿德開店——原來那些麵包都被阿德吃入肚。

「怎麼辦，都被我吃光了！我做的麵包實在太好吃了！」過了兩個禮拜，捧著肥肚子，胖得像隻河馬的阿德，覺悟地說：「不行啦！再這樣下去，我會出不了大門的。」

放棄開店的阿德，花了一個月瘦身回原來苗條的模樣。然後他又想到一個好點子——他可以去競選市長。

「當市長多風光，說話時，身旁都圍著記者及攝影鏡頭，而且還可以每天上電視。」

當市長完全符合阿德「發光發熱」的理想。只是要當上市長，除了要有體面的外表外，還得打敗另一個競爭對手——一位尖嘴猴腮，長得像某種動物的候選人。

競選的過程很激烈，阿德還與對手舉辦一場電視辯論會，一開始對方就不斷攻擊阿德，說阿德一定是狐狸精變的，要來欺騙選民。

「我這裡有一杯雄黃酒，你敢不敢喝？」長得像某種動物的對手說。

「我才不喝。」阿德不慌不忙地說：「我們又不是在演『白蛇傳』。」

「那我要灑鹽，讓你現出原形！」

「我又不是惡靈，灑鹽完全對我無害。」阿德嗤之以鼻。

不過休息時，對手偷偷來找他，讓阿德不得不打退堂鼓。

「阿德，我是你師兄，我也是一隻狐狸。」嘴巴尖尖的師兄說。

「啊？」阿德仔細打量對方，果然見到他屁股後頭也鼓鼓的。

「我想拜託你，這次先讓我當市長。」

既然師兄如此請託，阿德當然要退讓，而且師兄還跟他說，市政府裡有許多官員及議員，都是狐狸精變的，都是他的師兄、師姊。

當不成市長的阿德，只好無所事事地到處閒晃。

這天，化身成年輕人模樣的他，來到山腳下的公園。阿德很想回山上看看師父，只是事業未成，根本沒臉見師父。

然後一位老郵差氣喘吁吁地推了一輛舊機車過來。機車上裝著郵袋，手把上還掛了四個便當。

「哇，郵差先生，你一個人吃四個便當啊？」阿德笑著說。

「才不是呢，我是要送便當給四位住在山上的老人家。我除了送信，還順道幫那些長者送餐。」

「原來如此。」阿德說：「不過我看你年紀也很大了，為什麼還在送信、送便當？」

「因為沒人來接替，大家都嫌這工作辛苦。」老郵差抹去汗水說：「怎麼樣年輕人，要不要來試試？」

阿德一聽，腦袋「登」的一下，突然有了個好點子——他可藉機回去看看師父。

「好哇，反正沒事，我就來試試。」

阿德跨上機車，趁老郵差沒留意，變了一套帥氣的郵差制服到身上，接著催起油門，急忙地騎車上山。

送信並不難，阿德早已熟悉山上的小路，不過讓他驚異的是，所有收到信的人，都是誠心誠意跟他道謝。

「他們都很真心。」阿德喃喃說著：「而且臉上都亮了，心也熱了。」

收到便當的老人家們，更會感激地要阿德喝一杯水，與阿德聊上幾句。

送到最後，剩最後一個便當時，阿德一看老郵差留下的字條，上頭居然是師父家的住址。

「師父怎麼了嗎？」

阿德一急，將機車騎得飛快，快到師父家時，就見到師父站在外頭。

「你今天來晚了，我肚子快餓扁了！」師父揮著拐杖大喊。

「師父，是我啦！」

阿德一呼，師父一看，兩人趕緊靠在一塊，雙手緊握，師父還趁機取走阿德手上的便當。

「師父，你不是法術高強嗎？怎麼也需要送餐服務？」看著師父呼嚕呼嚕地吃著便當，阿德不忍的問。

「我又不能吃那

些用樹葉或泥土變成的雞腿、排骨。」師父說：「而且我年紀大了，沒有力氣做飯了。」

怎麼一、二年沒見，師父就變得如此蒼老？阿德感慨著。

「還有，你怎麼變成郵差了？你在山下發光發熱了嗎？」

阿德一愣，想了一下，突然，他臉上發亮，心也發熱，於是說：「師父，我已經找到了一份能夠發光發熱的工作了！」

「什麼樣的工作？」

「你剛剛已經說出來了。」阿德開心地呵呵笑，藏在屁股後頭的那一叢尾巴也忍不住探出頭來了。

——原載二〇二〇年六月十~十一日《國語日報・故事版》

編委的話

・徐丞妍：

會變身的狐狸下山工作賺錢，卻找不到適合的工作，在巧合中當上送便當郵差送給自己的師父，才發現，愛，才是真正的「歸來」。

・張芸瑄：

小狐狸有很多想做的事，離開家鄉，總在工作好不容易上手後因為各種原因離職，看似無所不能的小狐狸也因此灰心喪志；就在他不知所措的時候，回故鄉散心遇到師父，從中找到目標和理想，充滿生活感。

・簡郁儒：

「天生我材必有用」，每個人都有適合自己發揮長才的舞臺，小狐狸最適合做的事，就是透過郵差這樣的角色傳遞溫暖給每一個人。其實，我們不一定要當什麼偉大的人物，只要能讓別人感到溫暖，就是對這個世界最好的貢獻。

・黃秋芳：

東方狐有很多傳說，媚珠捕愛，修行百年可裂尾，直至九尾狐的最高境界；青丘九尾狐聲如嬰孩，血肉讓人不受迷惑；現代人相信卜吉避凶，「狐」音近「福」，又是獸類，有「福壽」聯想；到了日本，狐狸成為稻荷神的差使。這一連串意象的轉換，讓狐狸成為童話新寵，這隻剛下山的小狐狸，更聚攏了讓人期待的無限溫暖。

卷四・拈花微笑

牆壁壞壞

王麗娟

插畫／劉彤渲

作者簡介

常說故事給小朋友聽，說的故事都是別人寫的。
期待有一天，可以說自己寫的故事給小朋友聽。
臺北師專畢，故事媽媽，得過臺中文學獎童話類第一名、大武山文學獎散文類首獎、臺南文學獎優選、世界書香日徵文第一名、吾愛吾家徵文首獎……

童 話 觀

喜歡聽小朋友說話。
蝸牛如果長出四隻腳，會不會變成烏龜？
苦瓜是開始融化的冰淇淋；媽媽買一座森林，森林指的是青花椰菜。
盒裝的水蜜桃最孤單，家人都分開住，不像其他水果相親相愛擠在一起。
童言童語，藏著美麗的童話。

安安開始學走路，不喜歡阿嬤扶，爬呀爬，爬到牆邊，扶著牆壁慢慢站起來，扶著牆壁一步一步往前走，他的小手是那麼柔嫩，帶著暖暖的溫度，一步一手印，好像在按摩，牆壁覺得好舒服。

安安跌倒了，「哇！哇！」哭得很傷心。阿嬤趕緊扶起安安，心疼地抱著他，說：「來，阿嬤呼呼，阿嬤呼呼。牆壁壞壞，打打。」阿嬤打了幾下牆壁，安安笑了。阿嬤牽著安安的手輕輕地打牆壁，「壁，壞，打。」安安一邊打牆壁，一邊說著。

牆壁被罵壞壞，也挨了幾下打，心裡卻很開心。

安安牙牙學語，阿嬤都用擬聲詞跟他說話，「ㄅㄨㄅㄨ」就是車子，「ㄣˋㄣˋ」表示大便。字句慢慢加長，安安學阿嬤完整地說出：「牆壁，壞壞，打打。」牆壁覺得那是最好聽的聲音，比鳥鳴還悅耳，比流水聲還溫柔。

長長的牆壁一面在屋裡，一面在屋外，看似一樣，其實不同。屋外那面的門框上貼著春聯，有一個香座用來插香；屋裡的門邊有一組掛勾，掛著鑰匙、帽子，掛勾下貼著長頸鹿圖片。每隔一段時間，安安的媽媽拿筆在長頸鹿的身高刻度表上寫日期，每次寫完都笑著對安安說：「安安好棒棒！吃飽飽，睡飽飽，長高高。」

安安喜歡拿媽媽的口紅幫牆壁彩妝，畫泡泡，畫雨點，畫波浪……開心地說：「牆壁，漂漂。」

「安安好厲害，長大後要當大畫家皮卡丘。」阿嬤笑呵呵地說著。

「哎呀！不是皮卡丘，是畢卡索才對啦。」爸爸說完，牆壁聽到滿屋子歡樂的笑聲。

安安感冒了，吃不下東西，整天躺著，夜裡還不停咳嗽，牆壁覺得很心痛。幾天後，安安感冒好了，又回復活潑的模樣，在屋裡玩彈力球，彈力球在屋裡亂彈亂跳，彈在牆壁身上，跳到餐桌上，安安追來追去，臉上冒出汗珠，阿嬤追在安安後面，幫安安擦乾汗，她自己也流了滿身大汗。

日期隨著長頸鹿的身高往上爬，衝過一百，爬上一百一十公分。該上幼稚園了，安安被爸爸媽媽帶回身邊。

笑聲沒了，哭聲沒了，每當電話鈴聲響起，阿嬤開心的握著話筒：

「安安有沒有吃飯飯，洗澎澎？」

「什麼？安安二十公斤了，阿嬤一定抱不動了。」不過，大部分的時間，屋子裡只響著電視聲、炒菜聲，偶爾，響著阿嬤的咳嗽聲。

阿嬤年紀大了，走路不夠穩，和安安小時候一樣，扶著牆壁慢慢走，阿嬤的手掌厚實，帶著暖暖的溫度，一步一手印，好像在按摩，牆壁覺得好舒服。一個不小心，阿嬤摔倒了。安安來看阿嬤，跟她說：「來，安安呼呼，安安呼呼。牆壁壞壞，打打。」拉著阿嬤的手打牆壁，逗得阿嬤哈哈大笑。

又摔倒了，阿嬤被接走了，和安安住進大城市裡。

牆壁很懷念以前的日子，阿嬤起床後最重要的事就是撕掉一張日曆，在長長的「ㄙ」聲中，一天正式開始。刷牙洗臉後，把頭髮梳得整齊油亮，阿嬤點了三炷香，喃喃念著：「神明唷！要保佑安安趕緊長大；祖先唷！要保護安安健健康康。」

安安半夜發燒，阿嬤背著他在屋裡走來走去，整夜都沒睡。阿嬤最喜歡唱歌哄安安睡覺：「月娘光光掛天頂，嫦娥置那住，你是阮的掌上明珠，抱著金金看，看你度晬，看你收涎，看你底學走……」安安不在身邊時，阿嬤只能一邊翻著相簿，一邊唱〈心肝寶貝〉：「看你會走，看你出世，相片一大疊……」看到安安過生日吹蠟燭的相片，那時候他才兩歲，怎麼才一下子就讀小學了。

牆壁看著阿嬤忙裡忙外打包東西，鍋碗瓢盆整齊地捆好，裝進紙箱。棉被、衣服塞進大塑膠袋裡，床被拆解了，冰箱被推走了，電視離去了，牆壁想著：「我呢，什麼時候才會把我搬走呢？小東西全都搬走了，才會回來搬我吧？」

阿嬤摸摸流理臺，摸摸牆壁，心裡很捨不得，邊走還邊回頭。關上大門，「叩」

一聲，阿嬤走了，日曆永遠定格在那一天。牆壁再也聽不到阿嬤撕日曆的聲音，炒菜聲、電話聲、電視聲也全都消失了。

春雨，滴落，淅瀝淅瀝，停了。

北風，吹過，呼咻呼咻，遠了。

牆壁一直在等待搬家，從黑夜等到白天，又從白天等到黑夜。像帽子般的屋瓦經過日曬雨淋，被風吹落了。蝸牛喜歡在牆壁身上散步，順便塗鴉，一步一腳印，好像在按摩，卻少了安安的那股溫暖。老鼠在牆壁身上鑽呀鑽，鑽出許多個小洞。牆壁不再是牆壁，無法再阻擋什麼，牆壁在等待搬家中，一天一天地老去。

爬牆虎爬了過來，緊緊吸在牆壁身上，一開始，只是一串綠，慢慢地織成一大片，幫牆壁披上綠色的大外套。牆裡牆外原是兩個不同的世界，漸漸地變成相同的模樣，分不出哪邊是裡面，哪邊是外面。

牆上的大門仍然上了鎖，許多小動物卻不請自來。一群麻雀吱吱喳喳飛過來，在草上啄一下，膽小的東張西望，再啄一下，抬起頭左右瞧瞧，貓來了，「嘩」一聲，麻雀全都飛走了。貓跳上牆頭，弓起身子，翹起尾巴好像走平衡木，被突如其來的蟬聲嚇到，慌慌張張跳下牆，跑走了。牆壁四周越來越熱鬧，蟋蟀總是在黃昏練歌，先是怯生生的唱一兩聲，然後，來個集體大合唱，唱了一整夜，直到公雞伸長脖子大聲啼叫，歌聲才會停止。牆壁覺得蟋蟀的歌聲雖然好聽，還是比不上安安唱的「Happy birthday to you……」好聽。

地面被雨水打出幾個小水窪，蚊子在水面上打轉，粼粼漣漪中，小孑孓在水裡彈來彈去。有時，月亮擠過來跟牆壁一起照著身影，牆壁垂頭看到自己破舊的模樣，覺得自己很老，很老了，算算也有五十歲了。不時，飛來一包垃圾，掉落牆角，狗兒撕破袋子尋找食物，散落滿地的垃圾發出陣陣臭味，引來許多蒼蠅嗡嗡盤旋，不肯離去；蟑螂愛在垃圾堆裡鑽進鑽出，玩起尋寶遊戲，路過的人則是掩著鼻子快速走過。

「再也沒有人會喜歡我，再也不會有人摸摸我了。」牆壁很想念安安和阿嬤那溫暖的手。

一陣吵雜聲中，裝著鍊子的大鐵球飛過來，「好大一顆球，是安安在玩彈力球嗎？」牆壁來不及看清楚，「砰」的一聲，牆壁被震得頭冒金星，身體被拆成一小塊，一小塊。牆壁的腦海像跑馬燈一樣，快速地閃過許多記憶。一隻怪手忙著把碎裂的軀塊搬上卡車，牆壁猛然想到，有人在幫我打包，我終於要搬家了。

恍惚中，從黃色封鎖線外飄來的一句話：「牆壁壞壞，倒，倒。」

牆壁很老，很老了，耳朵聽不清楚，記憶力也退化了，想不起當年的安安是不是這樣說的。

本文榮獲二〇二〇年臺中文學獎童話類第一名

編委的話

・徐丞妍：

看完這個充滿溫度的故事，真的很感動。最喜歡故事後半段：「牆壁一直盼望大家把他搬走」，更能看出牆壁是多麼地喜歡小女孩。

・張芸瑄：

從牆壁的角度去描摩一對祖孫與牆壁間的經歷，孩子成長時和後來阿嬤老了，走路都時不時需憑仗牆壁，而每當他們的手貼合著牆壁時，總會無意識地間接傳遞了溫柔給牆壁。每當兩人跌倒時，便會牽起另一人的手拍打牆壁，一邊喊「牆壁壞壞」，不過牆壁依舊很開心，直到所有的人都離開了，牆壁從一開始的期待到經歷歲月漫漫後外貌和心靈的變化，拆除前聽到的一句「牆壁，倒，倒」。讀來頗令人心疼。

・簡郁儒：

標題讀起來看似幼稚，但那種等不到人來將自己接走的絕望，以及最後以為要搬家，房子卻被拆除的情節設計，頗能引起共鳴而產生深切的同理。無論是取材、劇情還是結尾的設計，處處可見作者的巧思。

・黃秋芳：

不了解世界運作的幼兒，因為世界壞壞所以我要打打，到了結尾，世界真的壞壞，不得不「打打」；在生命終點聽到「牆壁壞壞，倒，倒」時，聽力及記憶都退化，想不起來安安是不是這樣說，但他記得安安。打打與安安具有重疊的文學韻味，純粹的感動有時會凌越議題，具有詩味的象徵，以及如酒般充滿延續力的強烈後勁。

汗奶奶和呼嚕嚕爺爺

林世仁

插畫／劉彤渲

作者簡介

文化大學藝術研究所碩士，作品有童話《字的童話》系列、《不可思議先生故事集》、《小麻煩》；童詩《字的小詩》系列、《古靈精怪動物園》、《誰在床下養了一朵雲？》；圖象詩《文字森林海》等五十餘冊。曾獲金鼎獎、聯合報／中國時報／好書大家讀年度最佳童書，第四屆華文朗讀節焦點作家。

童話觀

童話，是用「童心的話語」所述說寫出來的幻想故事。
童心，是以新鮮的眼光來看這個老舊的世界。

汗奶奶很會流汗，一天要換五次衣服。

呼嚕嚕爺爺很會打呼，一睡著就像外星飛碟起飛，呼嚕嚕——呼嚕嚕——

白天，汗奶奶流了汗，如果懶得換衣服，就被呼嚕嚕爺爺唸：

「老伴，妳再不換衣服，我就要叫妳臭奶奶！」

汗奶奶一聽，就趕緊去換衣服，還在衣服上面噴香水。

晚上，老爺爺一打呼，就換汗奶奶罵他：

「老伴，你也太吵了吧？就不能乖乖睡嗎？再吵，我就要叫你吵爺爺！」

可惜，老爺爺睡著了，根本聽不見。

這一晚，月亮好圓，老爺爺的呼聲比平常更大聲。

「吵爺爺！吵爺爺！」汗奶奶罵他，老爺爺的呼聲更大了。

汗奶奶好無奈啊，瞪著眼睛睡不著。

都三點鐘了，滴答滴答，呼嚕呼嚕……

哇，好吵啊……

哎呀呀，又流汗了……

汗水黏黏，呼聲連連。

汗奶奶用手抹抹汗，順手往老爺爺的鼻頭一揮——

咦？呼聲沒揮走，一個呼嚕卻黏在手上！

汗奶奶再一捉，又黏過來一個呼嚕。

呼嚕……呼嚕……

捉捉……捉捉……

老爺爺打了一長串呼嚕。

汗奶奶捉到一長串呼嚕。

「這麼多呼嚕啊！」汗奶奶摸著手裡的呼嚕，拉拉它們，壓壓它們，「咦，好像毛線團。」

反正睡不著，汗奶奶悄悄起床，打開小燈，把這一長串呼嚕織成一頂帽子。

第二天，汗奶奶睡到快中午才起床。在客廳看報紙的呼嚕嚕爺爺抬起頭，大聲問：「老伴，我的午餐呢？」

汗奶奶趕緊去買菜，順手戴上呼嚕嚕帽。哈，好涼快！

太陽看到汗奶奶的怪帽子，好奇湊過來瞧。

「這是什麼帽子？沒見過。」太陽伸出燦亮亮的金線手，摸一摸呼嚕嚕帽。

哎呀，一碰到帽子，太陽的金線手就呼嚕呼嚕軟了下去。

呼嚕……呼嚕……太陽在天空上打起呼嚕。

汗奶奶買完菜，回到家。都換了五件衣服，連晚飯都吃過了，咦，怎麼還這麼熱？

「老伴，你去瞧瞧怎麼回事。」汗奶奶朝客廳喊，「帽架上有頂帽子，戴上，別熱到了。」

呼嚕嚕爺爺走出門，往上瞧。哇——太陽還在半天高，呼嚕呼嚕沒睡醒。

「喂喂，懶太陽！起床！起床！」呼嚕嚕爺爺揮著拳頭大聲喊：「還不快快往西方跑！」

太陽嚇一跳，醒過來，趕緊往西方跑，一下子就掉進樓房堆裡。

呼嚕嚕爺爺回到家，一進門就抱怨：「妳哪裡買的爛帽子？一戴上就消失不見！」

不見了？汗奶奶好捨不得啊。

但她只是呵呵笑。「沒關係，沒關係，我有空再織一頂。」

半夜，呼嚕嚕爺爺又在打呼嚕。

汗奶奶用她汗濕濕的手，往爺爺的鼻頭一捉——

耶，又捉到一個呼嚕。

呼嚕嚕……呼嚕嚕……

捉捉捉……捉捉捉……

咦？這一次的感覺不太一樣。摸起來，一顆一顆，好像珍珠。

唉，沒法織帽子了！

反正睡不著，汗奶奶又爬起床，打開小燈。她看啊看，想啊想，把它們串成一條呼嚕嚕項鍊。

第二天，汗奶奶又睡到快中午才起床，呼嚕嚕爺爺又在喊肚子餓。

汗奶奶趕緊戴上呼嚕嚕項鍊出門去買菜。

風吹過來，看到呼嚕嚕項鍊。

「這是什麼啊？沒見過。」風才伸出手一摸，呼嚕——一下便閉上眼睛睡著了。

睡著的風，打著呼嚕：呼嚕嚕……呼嚕嚕……

正好路過的氣象局的觀測員停下腳步。

他看著被風吹得一起一伏的領帶，瞪大眼睛。「哇，我上班十年八個月以來，從來沒見過這種風。」

他立刻打電話給局長。

局長趕來現場，看著自己的領帶也被吹得一下飄起來，一下垂下去。「這吹的是什麼風啊？我上班二十九年又三百六十四天，從來沒見過。」他打電話找來好多氣象專家。

「這不能叫微風。」一個專家說。

「也不能叫強風或狂風。」另一個專家說。

「我相信它不是龍捲風。」第三個專家肯定地說。

「這樣吧，我們就叫它——呼嚕呼嚕風！」局長說。他其實不太滿意這名字，本來他想用自己的名字來命名。

「對對對！」所有專家都拍手讚成。

新的風出現了！

路過的行人全停下來，雙手被風吹得一下升起來，一下降回來。

「好玩好玩！我的手在打呼嚕！」

「我的長頭髮也在打呼嚕！」

「哎呀！我的長裙子——」

…………

只可惜，呼嚕呼嚕風只吹了半天就消失不見。

這一天晚上，汗奶奶又失眠了。

不過她很興奮：不知道今天會捉到什麼樣的呼嚕？

呼呼嚕……呼呼嚕……

捉捉捉……捉捉捉……

咦，又是毛線團？哦不，更細柔一些，數量也變少了。

汗奶奶摸摸它，壓壓它。她扭開燈，想啊想，把它織成一條毛帕。

第二天，汗奶奶剛剛睜開眼睛，又聽到呼嚕嚕爺爺在大呼小叫：「老伴！午餐呢？」

汗奶奶趕緊去買菜，市場繞了一圈，汗水流了三圈。

汗奶奶拿出手帕擦啊擦……

咦——不熱了？汗也不冒了？

手帕碰到哪裡，哪裡的汗珠就一顆一顆呼嚕呼嚕睡著了。

哇，好棒啊！

汗奶奶看著手帕，小小心心把它摺疊好、收起來。

她可不想把汗珠全部擦光光！（那樣，她還能叫汗奶奶嗎？）

不知道是不是因為呼嚕被汗奶奶捉走許多，呼嚕嚕爺爺半夜打的呼嚕聲不再那麼嚇人，也沒那麼可怕了。

汗奶奶有件事想不透：究竟是她的汗有魔法？還是呼嚕嚕爺爺的呼嚕有魔法？

這事，汗奶奶始終想不透，但她一點也不想問、也不想告訴呼嚕嚕爺爺。

那可是睡不著覺的人，才能享受到的祕密呢！

現在，每到晚上，汗奶奶躺上床，心裡就好期待。

她悄悄等待：今天晚上，那些呼嚕又會變成什麼好玩的東西呢？

還有，她再也不用擔心晚起了，可以舒舒服服睡到大中午。

因為啊，現在都是換早起的呼嚕嚕爺爺去買菜嘍！

——原載二〇二〇年一月《未來兒童》第七十期

編委的話

・徐丞妍：

汗奶奶很厲害，把爺爺的呼嚕加上自己的汗水變成手帕、毛帽、項鍊，在晚上，一方面可以減少自己的汗，一方面可以花時間做手作，不用煩惱晚上失眠的事，一舉數得！

・張芸瑄：

汗奶奶將呼嚕嚕爺爺的呼嚕織成帽子還有手帕的構思，太有創意了！生動地將爺爺的呼嚕具象化，就好像不管在天涯海角，呼嚕嚕爺爺都長相伴守在汗奶奶身邊。中間看似描述一對老夫婦的老生常談，卻又看到兩人的童心未泯，因爲爺爺的呼嚕造成的騷動靠汗奶奶收尾，真有趣。

・簡郁儒：

一般而言，我們編織東西用的都是毛線，用「呼嚕」來織，可真是一個嶄新的想法呢！故事中的爺爺奶奶一起生活的情景是貼近現實的現象，虛實交錯的情節交織出這篇建立在現實基礎上的迷人童話。

・黃秋芳：

熟年生活，累積了太多的負擔和重量，換了個視角，卻顯得輕盈剔透，像一座乾淨的湖，萬事萬物出現、停留，又在想像得到或想像不到的轉瞬飄然隱去。世界像漂洗過般寧靜，只留下一些些漂流過、依存過的聲色風影，清靈可喜，如冰晶，如明礬，為負載過多的身心靈，提供一場重新熨燙、整理的歡愉清洗。

春天的笑臉

陳景聰

插畫／李月玲

作者簡介

兒童文學研究所畢業。從小就喜歡聽故事，當了老師後開始說故事、寫故事，發願笑臉看兒童。作品曾獲文建會兒童文學獎、冰心兒童文學新作獎、九歌年度童話獎等獎項。著有兒童文學約四十冊。

童 話 觀

創作童話使人保有天眞爛漫的童心，得到生命的智慧，所以懂得用孩子喜聞樂見的故事來啟發他們，為童年留下珍貴的禮物。

奶奶摟著依依，在庭院的檸檬樹下烤火，講故事。

「該進屋裡吃午餐了，明天再接著講。」

「奶奶講完嘛！」依依抱怨：「您明天就忘記故事講到哪兒了！」

「呵呵，沒辦法！人越老越健忘，有一天，說不定會連人都不認得咧！」

「嗄！」依依膩到奶奶懷裡撒嬌：「奶奶不可以忘記我喔！」

奶奶親親依依：「妳笑起來那麼可愛，我當然不會忘記囉。」

「您說的唷！來，打勾勾。」

依依怕奶奶將她忘了，每天摘一片檸檬葉，畫上笑臉，送給奶奶。奶奶把那一張張笑臉都放進紙盒，收藏起來。

天氣暖和時，奶奶就牽著依依去散步。祖孫倆經過檸檬園時，正巧農夫在噴農藥。

「奶奶您看！那兒有隻毛毛蟲。」依依著急的喊：「牠要被農藥毒死了，我們快救牠！」

祖孫倆救下那隻毛毛蟲，帶回家，養在檸檬樹上。

「牠什麼時候才會變成蝴蝶？」依依問。

奶奶回答：「牠會先化成蛹，等春天一到就破蛹而出，變成蝴蝶。」

「那我們幫牠取名叫『春天』。春天，我好想看你變成蝴蝶喔！」

紙盒裝滿笑臉那天，依依被爸媽接去城市讀幼兒園。

奶奶經常把玩紙盒內的檸檬葉，回想起依依每一個可愛的笑容。

外出散步時，奶奶還是想念依依，回憶著她蹲在路邊觀察昆蟲的天真模樣。

奶奶非常想念依依時，就學依依在樹上的檸檬葉畫一張笑臉，然後對著毛毛蟲講故事。

「春天！昨天說到哪裡呢？奶奶給忘啦！」奶奶對著毛毛蟲苦笑。

但是春天從來都不抱怨，只是不停的啃檸檬葉，吃下了一張又一張笑臉。

檸檬樹上，笑臉越畫越多，春天越吃越快。

「春天你吃慢點！等依依回來，再變成蝴蝶飛走，好嗎？」

春天不理會奶奶，趁著奶奶對牠說話的時候，又吃下一片有笑容的嫩葉。

有一天，毛毛蟲突然不再啃葉子。

「春天你也生病了嗎？」

奶奶想畫笑臉，卻沒力氣舉起筆，只好回屋內，躺在床上想念依依。

這時候，依依正在幼兒園遊戲。她交到很多好朋友，玩得正開心，忘了奶奶和故

事，也忘了自己拯救過毛毛蟲春天。

春天到了。

這一天幼兒園來到公園活動。

「哇！好多花。」「蝴蝶真漂亮！」

「看！那隻蝴蝶在對我們笑咧！」小朋友同聲驚叫。

翅膀掛著笑臉的蝴蝶停在依依面前。

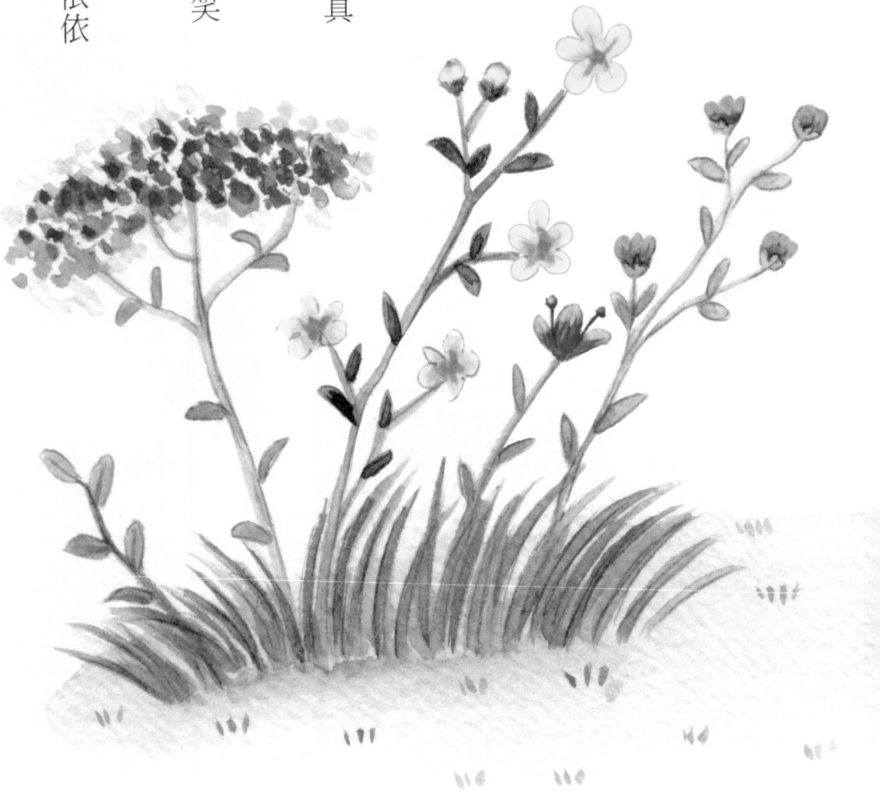

「是春天！是我和奶奶的春天！」依依想起奶奶了，追著春天到處跑。

晚上，依依笑著睡著了。因為爸媽答應她，一放假就帶她回鄉下看奶奶。

——原載二〇二〇年三月二十三日《國語日報週刊》一二九九期

編委的話

•徐丞妍：

用「遺忘」，寫了個感人的故事。從一開始：「一天畫一片葉子」防止奶奶忘記，到最後「看到笑臉蝴蝶」想起奶奶，都環繞著記憶的淡去。

•張芸瑄：

春天是一隻毛毛蟲的名字，看似脆弱，但卻能在蛻蛹後煥發出無限光采。我們人類何嘗不是這樣？隨著歲月逐漸老去，一些珍藏的事物成為過去，但人與人的牽絆卻能永續，將我們與別人共有的回憶，暗藏在這世界上的某個角落，時時刻刻提醒我們。

‧簡郁儒：

相信很多人和故事中的主角一樣，小時候和奶奶住，長大後因為上學的關係而不得不離開。隨著年歲的增長，那個曾經關心著我們的溫暖身影，逐漸遺落在記憶的深處，這時，更讓人深切了解到親情的重要。

‧黃秋芳：

文字老練中，有一種對世間人情的洞察和寬容。一隻蝴蝶活著，就是為了展翅飛翔。只是他們不知道，無論世界多大，身體裡永遠還藏著愛吃檸檬葉的毛毛蟲日日累積出來的舊時滋味，直到疼痛、疲倦、不得不停留，才想起毛毛蟲是蝴蝶的前生，更能理解相互依存，成為唯一，在每一個生命轉折處，讓我們想念。

那曾經美好的一天

范富玲

插畫／劉彤渲

作者簡介

生於新竹縣新埔鎮，曾任國小教師，目前棲身於高雄市一棟老國宅內，追求人事物我的和平相處。
作品以傳達「愛」為主旨，曾獲九歌少兒文學獎、教育部文藝創作童話獎、吳濁流文藝童話獎……等。近期出版的作品為橋樑書《喵星人出任務》。

童 話 觀

寒流來時，喝一杯燒仙草。全身暖烘烘！
大汗淋漓時，吃一盤剉冰。通體清涼！
得意時，有人陪著盡情歡笑，非常幸福。
頹喪時，接到一通溫暖的電話。人生瞬間充滿了希望！
能讓我們同時感到溫暖、清涼，又充滿幸福的希望神器，便是童話。

一、夜市的相遇

太陽從東邊的屋頂笑呵呵爬上來，把大地照得亮燦燦。樹上的鳥兒醒了，馬路上的車子也醒了，大家開始忙碌的一天。

小學旁有一處夜市，夜晚雖然人聲鼎沸，但此刻空地上滿是油污，殘留著昨夜的氣味。

一隻黑色小狗昨天第一次跟主人出來逛夜市，一不小心就走失了。牠整夜四處跑，找不到回家的路，只好又回到夜市。

「咦？肉的香味。」飢腸轆轆的小黑狗看到不遠處的轉角有包廚餘，馬上衝過去。

小黑狗的爪子抓到了那包廚餘，突然一個重物衝撞過來。

「喵！」

「汪！」

一隻老花貓撞上了小黑狗，兩個都跌得四腳朝天，塑膠袋破了，吃剩的雞骨、炸魚，還有一些白飯散落一地。

「我先看到的食物。」老花貓豎起全身的毛，生氣地伸出爪子按住廚餘大叫。

「我先抓到袋子，這應該是我的早餐。」小黑狗是隻有教養的狗，雖然面對憤怒的流浪貓有點兒害怕，但是牠的爪子也牢牢按著廚餘，沒打算放棄，「我跑了整晚，肚子好餓！」

老花貓瞪著小黑狗，讀到小黑狗眼神裡的害怕，想到自己小時候四處被欺負的往事，心頭一軟：「算了！分你一半。」花貓伸回壓著食物的前掌，「一起吃吧！」

花貓和黑狗狼吞虎嚥吃起夜市的廚餘，但是黑狗吃了兩口就不吃了。

「小子，為什麼不吃了？」花貓吃光了自己的份，抬頭問。

「味道怪怪的，我吃不下。」黑狗皺著眉。

「不習慣吧？」花貓問，「你從哪兒來的，以前沒見過你。」

「我出生不久就被送到一棟乾淨的別墅中，家裡只有老奶奶、阿姨和我三個住在一起，每天阿姨忙家事時，我就陪老奶奶在花園散步，昨夜阿姨第一次載我出來逛街，我一不小心就把阿姨搞丟了。我要趕快找到她。你呢？」

「我沒有阿姨，也沒有老奶奶。」花貓驕傲地抬起下巴：「我一輩子過著自由自在的生活。」

花貓說完，把黑狗的份也吃了。

黑狗看著花貓髒兮兮的毛髮，忍不住說：「你看起來又餓又累，好像很久沒有洗

澡了。」

「洗澡很重要嗎？我每天都得想辦法填飽肚子，哪還有精神去打扮自己？而且我的年紀大了，動作不靈光。」

「你好像從來不曾和別人建立過關係。」黑狗望著花貓瘦巴巴的老身軀。

「你可以這麼說。」花貓洩氣地垂下了頭，「我找不到機會。」

前方十字路口傳來哨聲，小學生上學的時間到了。

「人多的地方就有機會。」黑狗快速奔往路口，「我要去找阿姨和食物了，再見啦！」

二、玄關的「歡迎」

「嗶！」導護媽媽吹動哨子。

黑狗跟著一群學童過了馬路，校長正站在校門口迎接小朋友上學。

「校長早。」學童們對校長打過招呼之後，往玄關走去。

「小王子早安，今天媽媽沒送你來上學？」校長伸手幫一個比他矮半個頭的男孩整理衣領，眼角瞥見黑狗的身影，隨口問，「今天帶家裡的寵物來上學嗎？」

「嘻！」小王子沒有回答校長，拔腿往玄關跑去。

黑狗也追著小王子跑。

玄關的圓柱上掛了一個鳥籠，裡頭的八哥不斷說著：「歡迎！歡迎！」

許多小朋友被八哥「歡迎」之後，便開開心心進教室了。

今天第一次自己上學的小王子，興奮地站在八哥前面，和八哥比賽說話。八哥說一次「歡迎！歡迎！」小王子也說一次「歡迎！歡迎！」

黑狗仰望著八哥，心裡嘆息：「掛這麼高，又有籠子，要不然一定是可口的早餐。」

「你敢打我主意！全校小朋友不會放過你。」八哥看透黑狗的眼神，瞪了牠一眼。

黑狗嚇了一跳，心虛地往小王子靠近。「我是有主人的紳士。」

「最好是這樣。」八哥低吼黑狗之後，又開心地對小王子說：「歡迎！歡迎！」

「歡迎！歡迎！」小王子也對八哥說，但是他手痠了，想把手中的餐具袋放在地上，準備全心和八哥比賽。

「匡啷！」小王子的餐袋沒有放到地上，卻打到了黑狗的頭。

「汪！」黑狗憤怒地往小王子的小腿咬過去。就在牙齒觸到皮膚的那一刻，牠想到了主人的警告：「如果你咬人，阿姨就要為你戴上鐵口罩！」

黑狗的牙齒緊急煞車，舌頭伸出去，舔了小王子一口。

小王子嚇壞了。他回頭大罵：「吃我一口！吃我一口！」

晨間打掃的鐘聲響起。校長走回玄關。

「吃我一口！吃我一口！」小王子指著黑狗向校長告狀。

校長看到黑狗趴在地上搖尾巴，笑著問：「你們家的狗叫什麼名字？」

「吃我一口！吃我一口！」小王子指著黑狗大叫。

「吃我一口？」校長提起鳥籠往校長室走去，「這個名字取得真有趣。快進教室吧！老師在等小王子喔。」

小王子既生氣又委屈，隨手抓起餐袋裡的三明治，看也不看就往黑狗砸去，口裡仍罵個不停：「吃我一口！吃我一口！」

「哇！新鮮的早餐。」黑狗喜出望外，開心吃了起來。

三、教室外的「吃我一口」

小王子踏進五年甲班教室，老師問：「王欣凱，你怎麼現在才進教室？」

「吃我一口！吃我一口！」小王子指著停在教室門口張望的黑狗。

「是不是媽媽擔心你一個人過馬路會害怕，讓你們家的狗陪你上學？」

「吃我一口！」小王子固執地大聲說，「吃我一口！」

「嘻！小王子家的狗吔！」同學們一窩蜂擠到前門圍看，嚇得黑狗一步步退到走廊。

老師大叫：「大家回座位！把昨天的作業交出來。」鬧哄哄的教室霎時安靜下來，大家用眼角瞥向小王子，也瞥向趴在走廊等著「驚喜三明治」的黑狗。

班長黃大明以前最同情總是考鴨蛋的小王子。可是現在，黃大明卻很羨慕小王子擁有一隻忠心耿耿的狗。

同樣的想法，也在其他同學心中迴盪。

今天學校的鐘聲似乎特別偷懶，等了半天總也不響。

大家頻頻看著黑板上的掛鐘，懷疑電池是不是快沒電了，否則為什麼指針愈走愈沒力呢？

「噹！噹！噹！噹！」下課鐘聲終於響起。老師的「下課！」還沒說完，全班同學都擠到小王子座位。

「小王子，你們家的狗好可愛唷！」

「小王子，讓狗陪我們玩一下好嗎？」

同學們七嘴八舌地圍在小王子周圍，小王子樂不可支，被慫恿到走廊。小王子一看到黑狗，他又想到牠在玄關攻擊自己小腿的畫面，激動地指著黑狗大叫：「吃我一口！吃我一口！」

黑狗以為小王子要牠表演，然後就有三明治可吃。牠毫不猶豫地往小王子小腿舔了一下。

小王子嚇得往後跳，又大叫：「吃我一口！吃我一口！」

黑狗只好又快速上前舔了小王子一下。

「哈哈哈！」同學們一個個笑得東倒西歪，小王子看到同學們開心的模樣，也開心地笑了。

老師在教室說著電話：「王媽媽，欣凱已經安全進教室了。你早該放手讓他練習自己上學，現在他很有自信地和同學玩在一起了。」

四、垃圾屋前的「天天來」

下午三點的鐘聲響起，掃地時間到了。

小王子衝到校長室，為「歡迎」換水、倒飼料。

校長覺得小王子應該學習更多的能力了。他把垃圾筒裡的一小袋垃圾打包綁好，摸著黑狗的頭說：「吃我一口，把這包垃圾帶去垃圾屋好嗎？」

黑狗想起家裡的阿姨也常在傍晚時，拎了一包垃圾給牠，要牠把垃圾帶到大門口，然後陪著老奶奶在花園裡散步。黑狗立刻舔了校長的手，然後叼住垃圾袋，尾巴搖個不停。

校長接著把鳥籠交到小王子手裡，指著遠處操場邊的矮屋：「你帶著『吃我一口』把這袋垃圾放到那裡，順便陪八哥散步說話。行嗎？」

小王子提著鳥籠，帶著黑狗往操場走去。

「歡迎！歡迎！」八哥一直講。

小王子也不斷回答：「歡迎！歡迎！」

小王子到達垃圾屋時，一高一矮兩個六年級男生，正掃著屋前的落葉。高個子男生突然對著屋內大喝：「天天來！你又來了。」

「本將軍在此，天天來休想抓破任何一包垃圾袋。」矮個子男生拔腿往屋裡衝去。黑狗好奇地跟著往垃圾屋衝去。

一隻花貓奪門而出。

「喵！」

「汪！」

花貓撞到了黑狗，兩個都跌得四腳朝天。

「哈哈哈！」三個男孩在一旁抱著肚子笑。

「是你！」黑狗和花貓同時認出對方。

「你幫新主人丟垃圾？」老花貓驚訝地看著黑狗掉在旁邊的垃圾。

小黑狗興奮地搖著尾巴：「你在忙什麼？」

「我——」花貓想起黑狗早上對自己說的話，「我還在等機會。」

「什麼機會？」黑狗早忘了自己說過的話。

「跟別人建立關係的機會。」花貓轉頭看到小王子提著一個鳥籠，心想，「如果我幫忙提鳥籠，或許他會和我建立關係。」

花貓立刻衝過去，伸出前爪，趴到鳥籠上。小王子嚇了一跳，手一鬆，鳥籠掉到地上，八哥拍著翅膀大叫：「救命啊！」

「小心『天天來』！」高個子男生抓起掃把往花貓拋過去。

「喵嗚！」花貓夾著尾巴逃走了。

矮個子男孩拿起地上的鳥籠，還給小王子：「快回校長室！小心『天天來』。」

小王子提著鳥籠往校長室走去，穿過遊戲區時，赫然看到花貓躲在滑梯下面瞅著自己。

「天天來！」小王子想起花貓搶鳥籠的行為，生氣地大罵：「天天來！」

五、歡迎天天來吃我一口

「噹！噹！噹！」放學的鐘聲響起。

小王子背著書包，跟同學一起排路隊回家，黑狗亦步亦趨地跟著小王子。

路隊來到玄關，八哥依然掛在圓柱上，對著小朋友說牠最拿手的一句話：「歡迎！歡迎！」

小王子看到八哥，便往圓柱走去，卻被班長黃大明拉住：「老師說不可以脫隊，王媽媽會在對面路口等你。」

小王子只好跟著路隊往校門口走，卻仍不時回頭，遠遠對著八哥搖手說：「歡迎！歡迎！」

校長站在校門口歡送學生回家。

過了馬路，黃大明看到不遠處的王媽媽，才鬆下抓著小王子的手，「你媽就在前面，我先走了。掰掰！」

「掰掰！」小王子咧嘴笑著和黃大明說再見。

「嘰！」一部銀色機車突然停在慢車道上，女騎士大喊：「旺旺！」

黑狗聽到熟悉的聲音，搖著尾巴往銀色機車奔去。

女騎士把黑狗緊緊擁入懷中：「你是跑到哪兒去了？阿姨找了你一整天。你不在家，奶奶都不肯散步了。」

小王子也看到了自己的媽媽，往前跑去。

王媽媽伸手抱住小王子，為他擦去額上的汗珠：「你今天好棒！上下學都自己過馬路。」

小王子嘻嘻笑著。

「肚子餓了吧？」王媽媽牽著小王子的手，來到騎樓的水煎包店。

水煎包的香味四處飄散，聞香而來的花貓躲在柱子邊，等待覓食的機會。

王媽媽付了錢，看著小王子津津有味地吃著水煎包，忍不住問：「你今天和哪些朋友一起玩？」

小王子記憶力不好，媽媽的問題讓他有些困擾，他回頭望向學校，看到校長提起鳥籠正要往校長室走去。

「歡迎。」小王子想起了八哥。

「歡迎？」王，媽媽感到莫名奇妙，把小王子的頭轉過來面向自己，小王子轉頭時，瞥見了柱子邊的花貓。

「天天來。」小王子脫口而出。

「歡迎？天天來？」媽媽一頭霧水。

這時，女騎士已經把黑狗安置妥當，往前出發。小王子眼尖，看到那隻早上差點攻擊自己的黑狗，大叫：「吃我一口！」

小王子想起來了，今天他和一隻小鳥、一隻花貓，還有一隻黑狗度過精彩的一天。

「歡迎、天天來、吃我一口！」小王子的臉上現出燦爛的笑容。

王媽媽驚喜莫名：「我們家的小王子會講完整的句子了！」

今天試營運的水煎包老闆呵呵笑著對小王子說：「你說對了！以後請媽媽天天帶

你來買水煎包，我的水煎包又大又好吃，保證讓你吃好幾口都吃不完。」

「嘻嘻！」小王子把裝水煎包高高舉起，開心歡呼：「歡迎天天來吃我一口！」

王媽媽看到小王子竟然能和老闆有模有樣的對話，感到前所未有的幸福。

幾個六年級的男生走過來，其中一個高個子看到花貓，驚訝大叫：「天天來吔！你們看，天天來陪著老闆賣水煎包，改過自新了。」

「天天來賣的水煎包一定很好吃。」

男孩們一窩蜂擁上前去。

「老闆，我要買兩個。」

「我要買三個。」

「我買四個。」

一群男生把架上煎好的水煎包全都買光了。

「老闆，你要把天天來顧好！如果牠不再去我們的清掃區搗蛋，我們會感激你的。」

「老闆，你要把天天來餵飽喔。」

「老闆，我一定會常常來買水煎包，順便看天天來。」

男孩們七嘴八舌地邊說邊啃著水煎包。

客人走後，老闆得閒，蹲下身看著花貓：「財神爺，原來你叫『天天來』啊！」

某天傍晚，小黑狗跟著主人兜風時，路過小學附近那家開張不久的「歡迎天天來吃我一口」水煎包店，看到小王子跟同學一起排隊買水煎包，而老花貓則趴在老闆的收銀臺上睡覺，牠的毛髮潔淨，在夕陽下閃閃發光，散發著香香暖暖的氣味。

小黑狗想起自己上次走失，和一隻小鳥、一隻老貓以及一個可愛的男孩，共度了美好的一天。

「花貓用什麼方法創造機會，和別人建立關係？」小黑狗很好奇，但是牠沒機會問，因為家裡的阿姨和老奶奶把牠顧得緊緊的，牠再也沒有機會離開半步。

不過，那曾經美好的一天，在牠腦海中刻下永恆的幸福記憶。

本文榮獲一〇九年教育部文藝創作獎童話組優選

編委的話

•徐丞妍：

標題好特別！原本以為會讓人很想哭，看完發現很有趣！小黑狗被小王子叫成「吃我一口」，花貓是「天天來」，而八哥稱為「歡迎」，組起來就是「歡迎天天來吃我一口」好好玩呦！

•張芸瑄：

一個讓師長放心不下的小學生，一隻不小心走失的寵物狗和不擅長與人交流的流浪貓，意外相遇，經過誤會和摩擦後成了朋友。不管過程怎樣，三人都從彼此間學會了自己不擅長的、收穫了想要的，讀來彷彿跟著三人一起成長。

・簡郁儒：

很喜歡這篇故事的標題：「曾經」表示雖然已經過去、卻被深深記得的事。順著這樣的脈絡，故事以美麗的結尾作結，似乎也是意料中的事。

・黃秋芳：

歡迎，天天來，吃我一口，穿織出八哥的日常、小黑狗的迷途和花貓對家的渴望。當日子從混亂的軌外慢慢又安靜成固定的軌跡，日子裡滿是潔淨、閃亮，香香暖暖的氣味，想起一隻小鳥、一隻老貓、一隻黑狗和一個可愛男孩的交錯記憶，那美好的一天都定格成永恆的幸福。

主編的話

溫柔些，開心些，輕鬆些，自在些……

黃秋芳

1. 溫柔些，遇見微笑

小評審坐定後，亮亮的眼睛宛如一盞小燈，在晦暗不安的二〇二〇年，閃爍著希望。決審會議前，先和大家分享，二〇〇三年Sars突襲臺灣，我們在毫無準備下承受諸多苦難，就在這個特別年度，**徐錦成建構起《年度童話選》的起點，確立「小評審」的獨特觀點，並且以鄭清文〈臭青龜子〉標舉出年度童話獎的高度，**讓頂著瘟疫滿天、蹣跚前行的小評審們，理解自己承先啟後的歷史意義。

回顧童話選一路走來，從超級用功的徐錦成手上接棒，戰戰兢兢，糾纏在《九十五年童話選》的兩百五十七篇、《九十六年童話選》的三百一十篇到《九十七年童話選》的三百二十七篇的龐雜作品中。連續三年，訂閱《國語日報》、《國語日報週刊》、《康軒TOP945》、《毛毛蟲月刊》、《行天宮通訊》，還麻煩謝鴻文替我跑圖書館影印《更生日報》和《人間福報》，一整年盯著各種文學童話徵獎，有小學生、大學生，以及各地文化局的文學獎，信件往返、稿件影印，結集後寫感謝信，最後再努力釐清作者年度發表篇數和風格，討論發表媒體特性和稿件總數比歸納與分析，從文學獎取材方向中萃取出社會意義，並且盯著孩子們確立童話觀，講清楚評選原則，深怕對不起任何遺珠。

這一年，也許是大環境改變了，也可能因為我比較「長大，成熟」，學會更溫柔一些，對自己放手，也對緊盯著孩子們的神經質，慢慢鬆綁。訂了《國語日報》，收錄一〇八篇童話；鴻文提供兒童雜誌《小鹿》、《火金姑》、《未來兒童》、《國語日報週刊》，共六十八篇；辛勞的欣純替我準備文學獎作品二十五篇；本來計畫到國家圖書館影印的《更生日報》、《人間福報》和各種微型雜誌，因為疫情影響，全都放棄了；讓人驚喜的是，「平安相守，童話小燈」主題邀稿，收納了三十一篇各界好手精彩的童話競寫，總計兩百三十二篇傑出迥異的創作風景。

一直著迷於「異質跨界」，年初時刻意從同一年級的孩子們中，選出熱愛瑞典電子音樂人艾維奇（Avicii）的小男孩，音訊編程、詞曲混音，即使靠近死亡、仍渴望把最陽光的音樂留在人間，這就是他崇拜的生命使命；同時奔忙於美術班和英資班的林子筠，是我最喜歡的孩子，總扛起領導職責，把大家團在一起，不斷在團體任務中創造奇蹟；為了對照，又找了就讀於自然學校，無憂無慮、從沒有考試負擔的郁儒，和這三位背景迥異的小評審，一起跨向長達一年的童話閱讀跑道。

時至四月，小男孩的閱讀行程不斷脫隊，八月時決定撤換評審，雖然孩子的媽媽一直保證會趕上進度，我卻直覺，問題只會越陷越深。九月中，又發現認真好強的子筠，不再追著我要稿子，在美術布展、英語比賽的緊湊行程中，我雖不忍、還是提議：「要不要放下編務，專心布展、比賽？」

「這樣，好嗎？」子筠有點遲疑，表情卻鬆了一口氣。歲末時，布展、比賽告一段落，她開始關切童話選進度，有眷戀的深情，有共榮的歡喜，當然也有一點點揮不去的惆悵。我安慰她，人生總是一翻篇就過去了，和一段美好的生命旅程擦身而過，想念就夠，切莫太過牽戀。

一向「螺絲鬆脫」的郁儒，反而成為唯一堅持到底的孩子。接下繁重編務後，換了種鮮活濃烈的生命焰采，一整年專心致志為每篇童話寫超短評；把每個作文題目都寫成小童話；霜降前我摔了一跤，髕骨裂傷，這個淘氣又少根筋的孩子忽然接手下課後教室整理的工作。我確信，童話裡的生命象徵，讓她越來越能理解，靠近每一個人的內心，並且興高采烈地走在充滿熱情和專長的人生路上。

換小評審，迫在眉睫必須面對的，就是時間壓力。一年僅剩四分之一，得找「時間控管嚴謹」的孩子，為了多元評選，我改變「異質邊界」，從七年級的郁儒往下找了五年級的丞妍、往上找了九年級的芸瑄，趁中秋連休，讓她們先帶三個月的稿件「試讀」，如果不曾因為超重或心急而「翻車」，就一路「駕馭」在不斷超車趕路的年度童話採集旅程。

謝天謝地，隨著一次又一次看小評審分享著童話異想，我們終於遇見剛剛好的人，一起微笑前行。

2. 開心些，遇見剛剛好

決審前，為了讓孩子們熟悉正式文學獎的規格，要求小評審，先發表自己的童話觀，理解每一個人在審稿時不同的切入點，凝聚必要共識。丞妍講究在真實和想像中搭一座橋；郁儒在意收尾餘味；芸瑄尋找自己設想不到的驚爆點。

這一年，我比以前放手得更徹底。孩子們以手中預先並列所有評審投票的初審表為準，各自圈選出最喜歡的五篇作品，在至少兩票的作品中，相互討論、拉票，一次又一次圈選，每一輪的統計和討論約略可以確定入選三到四篇。根據初審表，顏志豪〈哈囉，滑鼠隊長〉、林哲璋〈七月半傳奇〉、岑澎維〈懶惰鬼什麼都不會〉、林世仁〈汗奶奶和呼嚕嚕爺爺〉、王麗娟〈牆壁壞壞〉，很快就無爭議高票入選。

為了凸顯出一整年童話發表的不同樣貌，尤其在寫作技巧的翻新嘗試上，形成年度指標，特別保留原訂在「平安相守，童話小燈」活動中開展第一棒的〈真相〉。山鷹和林茵科幻異想，從題材、報導、論述，反覆鑽研，病毒、醫技、科學、星空……，經歷長達五十天的對話和討論，彷如扶著石壁摸索，靠著隱隱在洞口閃爍的微弱光芒前行，伏筆必得解謎，首尾需要呼應，一路歧生的演繹和歸納，最後的串聯和統整，漫長的寫作角力，像不可能的任務，用感性包裝的小童話，完成理性論述的大探險。

小評審的評選，只看作品、不看人名；不會注意到文學獎的名次。這樣的評選，當然會跳出很多有趣的意外，許多「自己打自己」的童話短路，看起來就特別荒誕可喜。鄭丞鈞今年的童話收割，成果斐然，〈吸血鬼阿德〉、〈九個橘子〉都深受歡迎，些微摻雜異議，最後由溫暖的

〈小狐狸下山〉順利入選；同樣也是得獎好手的張英珉，〈修玩具的老醫生〉打敗了〈沙漠小狐狸辞比〉；陳景聰盤旋在〈微笑公主的眼淚〉和〈春天的笑臉〉，春天讓大家想起和爺爺奶奶在一起的時光；陳昇群〈豬十二龜十三〉因為已入選的「浪豬」兄弟，不得不退位；曾佩玉精巧的〈老朋友咖啡館〉，本來排在「前段班」，隨著每次圈選五篇後的反覆討論，不斷新增入選作品，竟然被〈魔法修正帶〉取代，以至於在全部作品確定後，小評審哀嘆：「〈魔法修正帶〉和三月兔的〈記憶橡皮擦〉好像喔！」

好想跳出來建議，要不要用〈老朋友咖啡館〉換掉〈魔法修正帶〉？想了想，這不就是「魔法修正帶」的意義嗎？真實人生怎麼可能這麼容易重來？不斷地修正，不斷在記憶邊緣擦拭、拔河，總有一天，孩子們會遇見剛剛好的人生。

發表在《小鹿》秋季號的鍾宜秀〈輸家村〉，延續黃帝和蚩尤的戰爭神話，和我剛完成《崑崙傳說》三部曲的初民探險相呼應，我喜歡得不得了！奇怪的是，這種開天闢地結合生命選擇的大議題，竟不如陳啟淦〈狐狸和烏鴉〉回到傳統寓言的簡單設想。看孩子們投票，替〈輸家村〉惋惜，薄薄的同一本雜誌，應該不可能再有年度佳作入選了，誰知道小評審根本不在意出處，〈輸家村〉在第三輪投票中敗部復活，太讓人驚喜了，而且作品的後勁很強，小評審在寫短評時，越讀越咀嚼出餘韻。

反覆的圈選進行到最後，剩下兩篇名額。讓孩子們重新回顧初審表，再挑出兩三篇「絕對不想錯過」的遺珠，加上前幾輪不斷被討論卻又運氣不夠好而留下的兩篇「角落生物」，重新進行討論，像文學篩子，一遍又一遍篩檢，希望做到「對得起」每一篇作品。最後，陳麗芳的〈打呼公主〉和范富玲的〈那曾經美好的一天〉確定入選了！讓人聯想起角落生物大復活，那株從小立志長大要當花束的小草，真的美夢成真了！可見，我們要時時立大志。

十六篇作品確定入選後，童話選的定位，在大環境的災難和小世界的翻覆中，從**「照亮黑暗」**開始**「點起小燈」**通往**「光明靜好」**並且分享釋迦牟尼佛在靈山會上拈花示眾，期盼翻讀這本書的人，一如迦葉尊者的微笑，我們都在**「拈花微笑」**中默契會心。講到這裡，忽然有孩子問：「這套童話選，會印多少本呢？」

「最少一萬套吧？」我想了想。郁儒好開心：「哇，世界上最少會有一萬人看到編選的書囉！」

「不只吧？如果一個人借書給兩個人，就會有三萬人看到。」我笑了。芸瑄有點遲疑：「可是，我的書不借人啊！這樣還是一萬人喔？」

「還有圖書館啊！這樣，還是會有三萬人看到。」充滿信心的丞妍一接，為這可預期的三萬個讀者，我們都微笑起來。

3. 輕鬆些，遇見機會

回想第一次接編童話選，兩個極有個性的小評審，爭辯到深夜，孩子們在決審桌邊吃了午餐和晚餐的兩個便當；第二年學乖了，不願再一對一僵持到最後，挑了三位評審，為了「多元」，從四到六年級各選一位，結果，聰明機辯的六年級「秒贏」四年級，徹底成為「不公義的廝殺」；第三年又進化了，選出新竹和中壢同年級學生「地理多元」，盡量做到公平。

時隔十二年，二〇二〇年十二月三十一日，全球Covid-19確診人數八千兩百八十萬、死亡一百八十一萬人，這不是終點，全世界都在醫院和墓園中哀悼悲傷，瘟疫還在繼續。意識到生命這樣脆弱，回望既往所有不肯鬆手的堅持，都覺得有點荒謬。何必太在乎呢？我變得更輕鬆，也更縱容孩子們的意見。

發了最後的開會通知，附上決審表格。讓孩子們核對「已看過、而我還未回收標註」的作品，用藍色標出評選分數，方便匯整在同一張評審表；提醒大家預讀初審表上紅色部分，都是深受歡迎的共識，方便會議討論；到時也會把這一年度所有作品放在會議桌，如果沒看過、或沒印象，就重讀一次再深入考慮。寫信通知家長：「會議時會先做初步說明，繼而交由孩子們自由辯證。如果共識很清楚，可能很早離開；如果有爭議，時間會拉長一點。入選作品確定後，年度童話獎得獎人要頒給誰，最容易僵持不下，有一年竟然從早上九點半到晚上，希望今年不至於如此。」

「我會看著孩子們，別打起來就好。」我在信末開玩笑地加註。沒想到小評審剛開始圈選作品，就同時出現對〈小虎來了〉的讚嘆，和《平安相守》的成績並置，歲末又發現充滿邊界翻轉的古典白蛇新詮《小青》，從許夢蛟的〈君子報仇〉透露出開展的潛能，像遙遠時空的魔法師，在連自己都不知道的轉瞬間，驟然活進現代。決議把年度童話獎的桂冠留給**施養慧**，深刻感受她那極為現代感、骨子裡卻仍然依靠老靈魂支撐的文字魔法。

好不容易選出十六篇作品，有憑有據地申論，每一卷作品的前後順序，如何在緊密的結構裡相互呼應；最後再評選小主編推薦童話獎，大家又不約而同地嚷：「牆壁壞壞！」

沒有打架，沒有吵架，甚至沒有一點點猶豫，**王麗娟**衝出終點線。真幸運啊！年度選召開決審會議時，臺中文學獎剛揭曉，沒有正式結集，如果不是我在決審時帶回這些作品，今年的討論勢必缺席；從另一個角度看，孩子們也很幸運，好作品收錄成書，就變成美麗的祝福，我在猜，是不是〈牆壁壞壞〉這個題目非常孩子氣，特別討孩子們喜歡，朗朗上口，在每一個不留意的瞬間忽然冒出咒語般的「牆壁壞壞」，然後笑成一團。

這一年的決審，共識極高，不到一點，會議就結束了。午餐後還有時間，帶小評審去挑甜點。她們留在創作坊，翻著桌面上一整年一堆又一堆童話，一邊寫短評，一邊閒嗑牙，自在悠游於「文學氣氛」。我隨口提起芸瑄有虎爸、郁儒有虎媽，丞妍完全是靠自己的虎女兒，芸瑄立刻接了句對聯：「虎爸虎媽虎女兒，靠爸靠媽靠自己」。

小評審的「文字專業」，好驚人啊！翻閱著評審桌上的稿件，對照並列著好多「圈」或「雙圈」的初審表，我忽然生出一種放不下的悵惘，還有好多曾經被孩子們喜歡，最後被遺落在「角落」的「小夥伴」，等待機會被看見。作有的作品都需要機會，才能被看見。我們重新翻讀著一篇又一篇，逆轉現實思維的王文美〈討厭聲音的巫婆〉、王美慧〈臭臉巫婆的微笑〉、銑九九〈逆時快遞〉、貝殼漢〈老闆國〉、〈畫家和他畫的魚〉、康康〈嫦娥想要當網紅〉和周姚萍〈仙界閃亮大明星〉、王姿涵〈藍玫瑰花的夢想〉、李維明〈青蛙在唱歌〉、陳素宜〈跟女王一樣〉、吉娜兒〈每個人都勇敢一點，就夠勇敢〉，非常溫暖；陸荃〈青龍海傳奇〉、劉碧玲〈地球要爆炸了〉和黃文輝的〈長出牙刷的樹〉、〈少根筋王子的妙方〉，每多讀一次，就更驚喜於藏在中的奇想。

在平淡重複的日常生活裡，捕捉到一絲絲抽離現實的異想，就像童話奇遇。我偏愛妙妙貓〈烏雲來喝下午茶〉的巧思，洋溢著懶洋洋的、無所求的生活情調；還有朱德華〈郵寄自己〉極具現代感的宅經濟勾勒，讓人跟著變輕鬆。只可惜，小評審們不知道初審表的第一排欄位是我的圈選，理所當然視為前面早已被更換掉的舊評審，全都自動跳過。最後，〈郵寄自己〉被列為萬一有些作品來不及得到授權時的候補作品，我居然莫名其妙地開心起來。

4. 自在些，遇見喜歡的自己

隨著決審落幕，我們自在地聊起更多的作家和作品。我很喜歡林世仁在東奔西跑的緊湊行程裡擠出來的〈坑道驚魂記〉，新鮮淘氣；他自己更喜歡〈（　）嬤嬤〉，結合了早年的抒情和後來的諧趣。小評審們一聽，「職業病」發作了，連忙又找出〈（　）嬤嬤〉和〈汗奶奶和呼嚕嚕

〈爺爺〉對照重讀，最後還是堅信，她們選出來的更好，還充滿自信地說：「這差太多了！」

回顧這一年的童話文學獎，好多得獎作品都設定「熟年關懷」，議題刻意，累積了太多的負擔和重量。林世仁在〈汗奶奶和呼嚕嚕爺爺〉換了視角，洋溢著日常的芬芳和溫度，熟年生活透過想像濾淨，變得輕盈剔透，有一種說不出的輕鬆和自在。流光一年一年過去，我們可以活得越來越自在，這樣真好。陪著小評審走過這段美好的文學探險，忍不住吁嘆：「好厲害啊！你們趕了一路還可以這麼精彩，總算把這件年度大事做好了。」

「什麼？我們只開這一次會嗎？」孩子們大驚失色，依依難捨地問：「我看以前小評審寫的編輯回顧，開了不只一次啊！」

「那是因為一整年的評審，分成初、複審討論，到了決審時印象比較深刻。」我笑著解釋：「我們的新評審，上任才三個月，一路讀來的童話印象還新鮮著，自然可以在討論中一次定稿。」

原來，童話評審會，落幕了還這樣讓人難捨。即使心裡帶著這麼多感性的不捨，孩子們還是理性地回歸工作秩序，十二月二十七日決審後，在大家歡天喜地跨年耍廢前，小評審交出童話短評；運用元旦連休完成評審後記。丞妍的〈童話蠟燭〉，在黑暗中點起溫柔又強壯的光芒；郁儒在〈聽，那童話的旋律〉提出「扣人心弦的童話，結局不必然是幸福和快樂」，是童話觀的進化；芸瑄標題〈夢從中來，剛好有幸〉的文白夾雜，是「兒童具有反兒童傾向」的成長逆襲；我也埋在編訂和收尾，和孩子們一起奮鬥。

這麼短的工作時間，這麼密集的思維效率，大家好像用「參與遊樂場」的心情自在旋舞，完成這一年的艱難跋涉。直到整理好編輯細目，請大家回填稿費資料時，孩子們和家長都驚嘆：「有稿費啊？」

「從這次評審中學習很多，感謝老師給了這麼棒的練習機會，稿費的部分可以直接捐給創作坊作為發展基金嗎？」郁儒母女商量後寫了封短函。我很快回：「不用啦！可以挪為購書經費，捐給偏鄉孩子閱讀這套書，如何？」

寫著這些字句，心裡很暖。一〇九年童話選的《平安相守》有大咖作家無酬參與的小童話，在黑暗中點燈；《童話小燈》又有小評審共襄義舉，延伸出更豐富的暖心故事，撐持著我們走過災難。一直沒什麼財務概念的我，開心地期待日後童話選的推動，如花瓣綻開的縮時顯影，璀璨如煙火，提醒郁儒好好準備到每一個捐贈學校分享編輯心情，為孩子們點亮文學的熱情。直到最後，意識到這些稿費可能只換得十幾套書，距離「偏鄉文學推動」的春秋大夢，實在很遙遠，忍不住笑，有夢可以做，世界多美好啊！

夢很短暫，但是，我們可以找到更多的可能，讓夢想永恆。為了在下一個世代開發出更精緻的閱讀人口，我想到一個好辦法，在打開《一〇九年童話選》時，希望每一個大小朋友，也可以找爸爸、媽媽和親朋好友，自在地開一次屬於自己特有的童話決選會議，選出最喜歡的，最好笑的，最悲傷的，後勁最強的，最難寫的，最有創意的……，各種各樣的文學評選，任著自己的標準旋轉。

喜歡，就可以。能夠自在地喜歡閱讀，喜歡童話，喜歡文學討論……，遇見喜歡的自己，這是多麼美好的禮物呢！

小主編的話

童話蠟燭

徐丞妍

蠟燭在黑暗中，為大家點起了一道光芒，雖然這麼溫柔，但總是這麼強壯。

童話也是這樣的，在大家心中一直環繞著的恐怖疫情，只要點燃了童話蠟燭，就可以照亮心中的陰影，就像我每次看完童話，都有一種安心的感覺，這些故事，讓我們以童趣角度來看社會，再也不讓各式各樣的雜訊塞入腦中，而是慢慢地、慢慢地吸收。

當我評童話時，特別在意故事開頭有沒有「適當的切入點」，千萬不要以「從前、從前……」開始說起，感覺會有點無趣。還有一點很重要，好童話的內容，會在現實和虛擬中搭起一座橋，不可以太平鋪直述，也不能過度虛幻。

開小評審會議時，我發現我們三個女生意見都差不多，不用秋芳老師幫忙就可以解決，也沒有吵起架來，到了中午就表決完結果。第一次討論，我們用提名方式，但發現太多個選項了，沒辦法選擇；第二次投票，我們改用計分方法表決，先選五篇自己喜歡的文章，再以第一名五分、第二名四分、第三名三分……依此類推，每個人說出後，再把分數高的列入書中，像是〈牆壁壞壞〉，我、郁儒和芸瑄在分數表決的第一次，三個人都給了很高分，可說是「高分當選」！

但有些分數只有四、五分，不算高，也不算低，我們就會列入下一次計分。最後，要選《童話小燈》的「小主編推薦童話獎」，我和郁儒不約而同地提名〈牆壁壞壞〉，而芸瑄也完全同意了。

我很喜歡〈牆壁壞壞〉，從一開始寶寶說的語言「牆、壁、壞、壞」到結尾的「牆壁真的壞了」顯現出時間的流動，很有深度，跨越不同時間的交流，讓讀者回頭來思考作者所安排的種種大小事的真正理由；我也很喜歡施養慧的〈天字第一號情報員〉，把0、0、1三個數字分開來講解，並寫出001三人，如果沒有了對方，是多麼的孤單。

不過，無論多麼孤單，即使吹熄了童話蠟燭，當我輕輕閉上雙眼時，慢慢回到這一年的童話旅程，故事一幕幕浮現在我眼前，微弱，卻又那麼的明亮。

小主編的話

夢從中來，剛好有幸

張芸瑄

我喜歡看作者在文章中埋下伏筆，討厭套路，才能讓心情被各種刻意設計的「鉤子」，勾得上上下下、隨著作者的文筆跟著圈圈繞，更讓閱讀多了一份期待刺激的樂趣，因此，我並不是很喜歡看了上文便能推測出下文的作品，那樣的感覺心情就像被人「劇透」一樣的掃興，而這點在我評選文章時也有納入考量。

在這段評選的過程，我發現自己為了趕稿，打字和對作品的歸納整合，變得更加熟練，這是不是也是一種意外的收穫？這段期間，讓我印象最深刻的便是評審會議前的緊張感，因為一開始聽說評審會議的小評審，常為了決賽的名單爭得很凶，也還好有老師事前灌了心靈雞湯，並且透過初審表和會議說明，讓人提早準備。

意料之外，評審會議進行得十分和諧，與其他評審間的觀點也不謀而合，並沒有出現預想中的劍拔弩張及煙硝，評審過程讓我印象深刻的作品，包括年度獎得主施養慧的〈天字第一號情報員〉、〈小虎來了〉、〈君子報仇〉，小主編推薦童話獎得主王麗娟的〈牆壁壞壞〉，還有其他作品都讓人耳目一新，讓空虛的腦洞補了很多。

很感激秋芳老師讓我們自由地討論、參加評選，讓我們能有機會支持自己偏好的作品，總而言之評審會議還挺好的。

還記得當初接到這份工作後，看到一疊疊文章及參考資料時，其實有點壓力，因為評審要決定的是很多位作者花了時間與精力投注其中的作品，很惶恐，自己的評審標準是否落實？閱讀時有沒有掌握作品的要點？下結論是否評比得太過武斷，因而讓值得被提出的作品被埋沒？然而在評審會議時我才發現，其實每個評審都一樣，會猶豫也會遲疑，但每個人仍敬業地專注在評審，也因此能執著於心中的想法，決定下自己認可的文章；也因此我鬆了口氣，因為我有堅定自己內在的評價，沒有被其他的情緒影響。

最後，我想說的是：希望這次參與競賽的作者們都能在這條路上繼續邁進，在心情不靜時也不會低沉消極，而是能光榮收割前日種下的成果，並在來日的湛藍蒼穹下昂首綻放出真摯美好的光芒；不要後悔，更不要懷疑，因為寫作我們才能擁有這麼多，也是因為寫作我們才有機會透過文字交流。最後再次謝謝所有參與競賽的人，你們的作品為這世界添上了更多文字的美好。

小主編的話

聽，那童話的旋律

簡郁儒

接下童話小評審任務後，這一年來，讀了幾百篇作品。那些會留在心中且不斷回味的，往往是作者選取題材的角度特別、情節的發展突破制式的框架、結局出乎意料之外的故事。看似淺白的文字卻有著豐富的聯想，讓人在閱讀的同時，自然而然地融入其中，隨著故事中的角色，時而開懷大笑，時而沮喪憂傷，尤其是帶著悲劇性色彩、沒有最終結局的故事，特別容易引發共鳴，彷彿一首餘韻未絕的樂曲，因著反覆品讀而在心中低迴不已……

一開始在評選童話時，有些故事明明讀起來枯燥乏味，不忍心給太低分的佛心作祟，還是給出高於心中所評定的分數。然而，越到後期，看了更多的童話作品後，想到這些故事之後會被選入年度童話選，評選的態度就更加謹慎。或許是越來越能掌握評閱的原則，不僅評閱的速度快了很多，更能給出符合自己心中真實想法的分數；也或許是因為不斷反覆翻讀，無形中吸取了不少創作的精華。

那些深深刻在腦海中的精彩故事，成為自己書寫時重要的參考，我開始會留意題材的選取以及結尾的經營，希望自己的作品也能變成一首首餘音繞樑的樂曲。

參與童話評選的過程，除了第一個階段的獨自評閱，最後的評審會議也讓我收穫滿滿。開會時，老師完全放手讓我們幾個小評審自己討論入選的名單以及年度童話獎的得主。原本以為會討論很久，沒想到我們三個小評審默契十足，透過投票的方式決定入選的名單，並將小主編推薦童話獎的票一致投給〈牆壁壞壞〉，整個過程氣氛平和。

〈牆壁壞壞〉在我心中是一篇選取題材非常特別的故事，前後的對比與呼應，讓人嘆服作者的巧思。加上留有餘韻的結尾，更留給身為讀者的我很大的想像空間。其實，我也很喜歡施養慧的〈小虎來了〉和張英珉的〈沙漠小狐狸薛比〉，因為作者有別的文章入選無法再放進去了。

很難忘丞妍年紀雖小，卻帶領著整個討論並以驚人的速度完成，對作品先後擺放的順序，結構嚴謹，厲害到讓人佩服不已！不過，當創作坊廠長開完會準備送大家回家時，她只知道自己住在火車站附近，搞不清楚是在前站還是後站，很難想像討論時大顯神威的她，一跳脫擅長的領域令人如此傻眼。

「我願變成童話裡，你愛的那個天使，張開雙手變成翅膀守護你。你要相信，相信我們會像童話故事裡，幸福和快樂是結局……」一陣熟悉的旋律在耳邊響起，正沉浸在童話天地的我，也不自覺地在心裡跟著哼唱起來。

樣貌多元的現代童話，宛如風格多變的流行樂曲。推陳出新的寫法、精彩豐富的取材，則如同抑揚頓挫的音符，譜成一首首動人的樂曲！只是，扣人心弦的童話，結局不必然是幸福和快樂。

九　歌　童　話　選　22

九歌109年童話選之童話小燈

Collected Fairy Stories 2020

國家圖書館出版品預行編目（CIP）資料

九歌109年童話選之童話小燈／黃秋芳主編；李月玲、吳奕璠、吳嘉鴻、陳和凱、劉彤渲圖. -- 初版. -- 臺北市：九歌出版社有限公司，2021.03

224面；14.8×21公分. --（九歌童話選；22）

ISBN 978-986-450-331-5（平裝）

863.596　　110001582

主　　編——黃秋芳、徐丞妍、張芸瑄、簡郁儒
插　　畫——李月玲、吳奕璠、吳嘉鴻、
　　　　　　陳和凱、劉彤渲
執行編輯——鍾欣純
創 辦 人——蔡文甫
發 行 人——蔡澤玉
出　　版——九歌出版社有限公司
　　　　　　臺北市105八德路3段12巷57弄40號
　　　　　　電話／02-25776564・傳真／02-25789205
　　　　　　郵政劃撥／0112295-1

九歌文學網　www.chiuko.com.tw

排　　版——綠貝殼資訊有限公司
印　　刷——晨捷印製股份有限公司
法律顧問——龍躍天律師・蕭雄淋律師・董安丹律師
初　　版——2021年3月
定　　價——320元
書　　號——0172022
I S B N——978-986-450-331-5

＊本書榮獲 台北市文化局 Department of Cultural Affairs Taipei City Government 贊助出版＊